Thomas Ostwald

Mord mit Mumme

Tatort Braunschweig

Thomas Ostwald

Mord mit Mumme

Tatort Braunschweig

Edition Corsar

Dagmar und Thomas Ostwald

Impressum

Alle Personen in diesem Krimi sind frei erfunden. Ähnlichkeiten mit lebenden oder bereits verstorbenen Persönlichkeiten wären zufällig und sind nicht beabsichtigt.
Umschlag: Kerstin Peschel
Verantwortlich für den Inhalt:
Thomas Ostwald, Am Uhlenbusch 17,
38108 Brauschweig

www.tatort-braunschweig.de

1.

Bruno Saalfeld, Stadtführer mit ansehnlichem Bierbauch, Halbglatze und prächtigem weißen Bart, blieb im Eingang der Tourist-Information verblüfft stehen. Hinter dem Café-Bereich standen LED-Leuchten auf Stativen, mehrere Video-Kameras waren aufgebaut und alles auf den Bereich der Mumme-Produkte ausgerichtet. Zwei Männer wuselten dazwischen herum, und Saalfeld las den weißen Schriftzug auf den blauen Sweatshirts *'Ostfalen-TV'*.

„Nie gehört – was soll das bitte sein?“, brummte der Stadtführer vor sich hin und trat langsam näher. Da fiel ihm ein, dass er erst kürzlich etwas über diesen gemeinnützigen Verein gelesen hatte, der Videos zu verschiedenen Themen aus dem Braunschweiger Land erstellte und kostenlos im Internet zugänglich machte. War da nicht irgendetwas gewesen mit den Gottesdiensten aus St. Katharinen? Bruno Saalfeld hatte jetzt ein klares Bild vor sich. Die Ehrenamtlichen waren erneut bei einem Dreh, diesmal direkt in der *Touri*, und

offenbar ging es dabei um die *Mumme,* das bekannte Bier aus Braunschweig und den *Energy-Drink des Mittelalters,* wie das Stadtmarketing zur alljährlichen Mumme-Genuss-Meile stolz verkündete.
Neugierig schob sich der Stadtführer näher und stellte rasch fest, dass er seitlich vom Tresen des kleinen Café-Bereiches wohl den besten Blick auf das Geschehen hatte. Dort befand sich nur eine kleine Barriere aus den Kartons mit Fahrradhelmen. Saalfeld warf einen verächtlichen Blick auf die mit einem Löwen bedruckten Helme. So etwas hätte er nie aufgesetzt, aber seine aktive Fahrradzeit lag nun auch schon lange zurück und war nicht mehr als eine flüchtige Erinnerung. Allerdings konnte er fuchsteufelswild werden, wenn wieder einmal einer der *‚Kampfradler‘,* wie er sie nannte, in halsbrecherischem Tempo durch die Fußgängerzone fuhr und seine Gäste dabei gefährdete, die vor einem historischen Gebäude standen und Saalfelds Ausführungen lauschten.
„Der Herr dort drüben mit dem weißen Bart – bitte treten Sie etwas zurück, damit wir Sie nicht beim

Kameraschwenk auf die Produkte erfassen!“, bat ein glatzköpfiger, älterer Mann, der eben die Einstellung einer Kamera kontrolliert hatte.
„Oh, Entschuldigung!“, antwortete Saalfeld und lächelte dazu. „Sie drehen wohl ein Video über die Braunschweiger Mumme, was?“
„Ja, das ist richtig. Darf ich Sie bitten, während der Aufnahme nicht zu reden?“
„Schon klar!“, erwiderte der Stadtführer und setzte ein joviales Lächeln auf. „Zur Mumme könnte ich Ihnen einiges erzählen!“
„Sehr freundlich, aber wir haben dafür schon Ihren Kollegen. Herzlichen Dank!“
Saalfeld reckte den Hals, was ihm ziemlich schwerfiel. Sein massiger Körper mit dem gedrungenen Hals und dem großen Kopf brachte maximal eine Höhe von 1,63 Meter auf Zehenspitzen, aber jetzt erkannte er den Kollegen Friedrich Krone, genannt Fritz. Bruno Saalfeld hielt sich für den besten Stadtführer, der seine Gäste stets kompetent und mit zahlreichen Anekdoten durch die Löwenstadt führte.

Aber Fritz Krone zollte er Respekt. Krone hatte ihm nicht nur interessante Anregungen vermittelt, sondern ihn auch einmal aus einer sehr unangenehmen Situation gerettet, als sich Saalfeld hoffnungslos von einem echten Historiker in die Enge getrieben sah. Damals war Fritz zufällig vorbeigekommen, hatte einen Moment dem Gespräch gelauscht, und dann mit Witz und brillantem Wissen alles wieder zugunsten Brunos gerettet. Das hatte er ihm nie vergessen, wenn er auch trotzdem immer noch der Meinung war, dass sein Wissensstand – bis auf diese Ausnahme – dem des Kollegen weit überlegen war.

Seit es eine eigene Mumme-Stadtführung gab, sprang er gelegentlich für den Kollegen ein, wenn er auch nur widerwillig seine Körpermassen in das Wams zwängte, dass den Stadtführer als mittelalterlichen Braumeister auswies.

Nun also das Thema Mumme für einen Videobeitrag.

Gespannt lauschte er den Ausführungen seines Kollegen, und als schon nach knapp einer Viertelstunde die Scheinwerfer wieder gelöscht wurden und das

Ostfalen-Team mit dem Abbau der Leuchten und Kamerastative begann, nutzte Bruno die Gelegenheit, um Fritz zu begrüßen.

„Na, du Star – jetzt auch noch vor der Kamera?“, rief er fröhlich aus und drückte dem Kollegen die Hand. Der lächelte, nickte kurz und erwiderte: „Du kennst mich ja Bruno, wer rastet, der rostet. Aber entschuldige mich bitte, wir haben den nächsten Dreh jetzt auf dem Burgplatz.“

„Schon klar, Fritz!“, schmunzelte Bruno. „Ihr folgt dabei der Mumme-Tour mit dem Braumeister, stimmt's?“

„Ja, schon richtig. Aber es geht noch weiter. Wir wollen auch auf dem Kohlmarkt beim verkaufsoffenen Mumme-Wochenende drehen und vielleicht klappt ja noch einiges rund um die Produktion und Abfüllung“, antwortete Fritz Krone und nahm eine der schweren Taschen auf, in denen die LED-Scheinwerfer verpackt wurden.

„Es geht weiter, wir haben einen eng getackteten Zeitplan.“

„Ich habe heute keine Stadtführung. Wenn du willst, helfe ich beim Einladen."

Fritz stutzte kurz.

Ein solches Hilfeangebot kam nicht ohne Hintergedanken. Jedenfalls nicht, wenn ein Bruno Saalfeld seine Hilfe anbot. Aber es konnte Fritz egal sein – und er würde ohnehin nicht verhindern können, dass der Kollege zum Burgplatz ging, um dort zu sehen, wie es mit dem Video weiterging.

Tatsächlich half Saalfeld eifrig mit, und als alles wieder im Kombi verladen war und das Team langsam um die Ecke zum Burgplatz rollte, ging Fritz an seiner Seite die kurze Strecke zu Fuß.

„Was ich dich schon lange fragen wollte, Fritz – was ist denn nun eigentlich dran an dieser Geschichte um das *Veltheim'sche Haus*? Du hast da mal Andeutungen gemacht, um den General Monck und die von Veltheims."

Friedrich Krone runzelte etwas die Stirn und antwortete dann: „Nicht die von Veltheims, da verwechselt du etwas, Bruno. Das waren ja, wie du weißt,

Ministeriale am Hof der Herzöge und keine Bier-Brauer. Aber Geduld, das kommt alles in unserem Film über die Mumme vor."

Das stellte nun Bruno Saalfeld überhaupt nicht zufrieden, aber Friedrich Krone war jetzt neben dem Fahrzeug des Video-Teams angelangt. Man hatte den Weg über ein kurzes Stück der Münzstraße gewählt, war dann vor dem Deutschen Haus am Domplatz verkehrswidrig nach links abgebogen und auf den Burgplatz gerollt, direkt vor das jetzt von der Handwerkskammer genutzte Gebäude.

Hier wurden erneut die Geräte ausgeladen, man schleppte Taschen und kleine Koffer sowie Kabelrollen zunächst in den Innenhof und baute dort alles für die Außenaufnahmen auf. Das Zugangstor hatte man eigens zu diesem Zweck geöffnet, aber das Fahrzeug hätte auf dem Innenhof nur gestört, und so trugen die drei Männer, unterstützt von Bruno Saalfeld, alles hinein und bauten für den zweiten Dreh auf.

Dann wies Fritz Krone auf die Hausfassade und erklärte:

„Wir haben hier einen Teil Braunschweiger Geschichte, der wunderbar zusammenpasst und auch einen direkten Bezug zur Mumme aufweist."

Die Kamera fuhr nach oben zu den Speichergeschossen, während Krone weiter sprach.

„Das Haus stand ursprünglich, wie auch das Vorderhaus, in der Straße Am Sack. Ganz oben, in der Gesindestube, soll alten Quellen zufolge die Magd Otilia Kreutzkamp gewohnt haben. Otilia stand in den Diensten derer von Veltheim, wohnte aber nach ihrer Hochzeit nicht mehr in dem eigentlichen Hinterhaus, sondern etwas weiter entfernt. Aber sie blieb wohl noch einige Zeit in den Diensten der Veltheims. Vermutlich, bis sie ihr erstes Kind auf die Welt brachte."

Bruno Saalfeld bemerkte, wie die Kamera jetzt wieder auf seinen Kollegen gerichtet wurde. Aber man hatte hier insgesamt drei Kameras aufgebaut, die gleichzeitig liefen. Er war sehr von der Technik und Professionalität begeistert, bekam aber den Gedanken an diese gerade nur angedeutete Geschichte nicht mehr aus dem Kopf.

„Jetzt fragen Sie sich sicher, liebe Zuschauer, was denn eine Magd mit der Mumme zu tun hatte? Nun, auf diese Geschichte bin ich erst kürzlich gestoßen. Otilia heiratete nämlich den Seemann Caspar Busch, der nach seiner Rückreise von England plötzlich über viel Geld verfügte und seine Braut wenig später in eine eigene Wohnung führen konnte.“

Krone schwieg, und eine der Kameras fuhr noch einmal über die Fassade, holte einige Details für die Zuschauer dichter heran.

„Gut – jetzt bitte nach vorn, um die Fassaden des Veltheim‘schen Hauses und dann das von Huneborstel daneben aufzunehmen!“, bat Fritz Krone, und erneut wurde alles blitzschnell abgebaut und ein paar Meter weiter erneut in Position gebracht.

Bruno sah noch eine Weile zu, dann wurde ihm das Geschehen zu langweilig und er verabschiedete sich.

Schließlich waren die Dreharbeiten auf dem Burgplatz beendet, alles wieder im Fahrzeug verstaut, und das Team verabschiedete sich von Fritz Krone, der ihnen nachsah, als sie wieder langsam zwischen Burg und

Hotel hindurchfuhren. Gerade drehte er sich um und wollte die Stufen am Ende des Burgplatzes besteigen, als er langgezogenes Hupen, lautes Motorendröhnen und einen Schrei vernahm.
Erschrocken eilte er zurück.
‚Hoffentlich haben die beiden bei der Ausfahrt keinen Fußgänger übersehen!', schoss es Fritz durch den Kopf.
Tatsächlich stand der Kombi direkt vor der Straße mit offenen Türen, die beiden Insassen waren ausgestiegen und beugten sich über eine Gestalt auf dem Boden.
Als Fritz Krone herankam, telefonierte gerade einer der beiden mit dem Handy, und er vernahm die hastigen Worte: „Ja, ein Schwerverletzter, nicht ansprechbar – Fahrerflucht, kommen Sie schnell!"
Ein Blick auf den Menschen auf der Straße drehte dem Stadtführer den Magen um. Er spürte die Säure bereits hinten im Hals. Dass da jede Hilfe zu spät kommen musste, wurde ihm sofort klar.
„Was ist passiert?"

„Wir rollten gerade auf die Straße, als ein Fahrzeug von der Münzstraße mit überhöhter Geschwindigkeit heranschoss und den Mann auf der Hälfte der Fahrbahn erwischte. Wir sahen ihn noch in hohem Bogen durch die Luft fliegen und dann hart hier aufschlagen.“

„Verfluchter Mist. Der Mann ist doch tot, oder?“

Der Glatzköpfige zuckte die Schultern, während sein etwas kräftigerer Begleiter versuchte, den Verunglückten in eine stabile Seitenlage zu bringen.

„Wohin ist der Unfallverursacher geflüchtet?“

„Dort hinüber – Richtung Hagenmarkt. Er hat nicht einen Moment gezögert. Fast könnte man glauben, dass er den Fußgänger absichtlich aufs Korn genommen hat.“

„Ach was, das kann doch gar nicht sein. Aber schon merkwürdig, dass er aus einer Dreißiger Zone mit hoher Geschwindigkeit kommt. Auf der anderen Seite, beim Bohlweg, kann ich mir das schon eher vorstellen“, erläuterte Fritz. „Da sind gern die Poser öfter mal dabei, neue Geschwindigkeitsrekorde auf kurzer

Strecke aufzustellen und die Motorradfahrer machen gern einen Wheelie. Aber das hier…"
Erneut starrte Fritz Krone fassungslos auf den Verunglückten, von dem kein Lebenszeichen erkennbar war. Aus der Ferne näherte sich ein Martinshorn, und auch von der Münzstraße kam jetzt mit Blaulicht und Martinshorn ein Streifenwagen und fuhr, wie zuvor das Kamera-Team und danach das Unglücksfahrzeug verkehrswidrig über die durchzogene Linie und hielt dann so an, dass der Wagen die Straße blockierte. Das war insbesondere in Bezug auf den Linienverkehr wichtig, denn schon rollte der erste Bus heran, der über den Marstall zur Haltestelle Packhof fahren wollte.
Während sich ein Notarzt neben einem Sanitäter um den Verunglückten bemühte, wurden die Personalien der drei von einem Polizisten aufgenommen. Der Notarzt fuhr mit Blaulicht davon, obwohl er schon angedeutet hatte, dass der Verunglückte sofort tot gewesen sein musste.
„Wir waren so erschrocken, dass wir uns kein

Kennzeichen gemerkt haben", erklärte gerade Jens Grothe, der Kameramann von Ostfalen-TV. „Es handelte sich zweifelsfrei um einen Mazda M X 5 in knallroter Lackierung."

„Ich habe erkannt, dass es sich um ein Helmstedter Kennzeichen handelte, und vielleicht noch zwei Buchstaben, könnten ES gewesen sein oder EF, und nur zwei Ziffern", ergänzte Olaf Schumann, der zweite Mann, der den Kombi gefahren hatte.

Kurze Zeit darauf wurde die Unfallstelle für den Linienverkehr wieder freigegeben, und es war Fritz Krone, der zu den beiden sagte: „Das hätte ja nun nach unserem vielversprechenden Vormittag nicht passieren müssen. Ich sage erst einmal tschüss, erholt Euch von dem Schock, wir telefonieren!"

„Machen wir, Fritz. Bis dahin!"

Der Stadtführer, der ja kein Augen-, sondern nur Ohrenzeuge des Unfalls war, konnte nach Aufnahme seiner Personalien gehen. Er tat das mit einem mulmigen Gefühl. Dieser Unfall beschäftigte ihn noch lange Zeit gedanklich. Natürlich konnte keiner der Anwesenden ahnen, was wirklich dahinter steckte.

2.

Petra Lichtner wartete kaum das ‚Herein' ab, als sie auch schon in das Büro ihres Vorgesetzten stürmte. Verwundert blickte Kriminalrat Dr Thomas Faust von einem Schriftstück auf, als die Kommissarin in ihrer eigenen Art heraussprudelte:
„Scheffe, ein starkes Stück ist uns heute geboten worden!"
Faust, der diese Anrede überhaupt nicht liebte, runzelte die Stirn.
„Guten Tag, Petra, wie schön, dich so munter zu erleben. Der Fall scheint dir Freude zu bereiten!", antwortete er sarkastisch und deutete auf den kleinen, runden Besprechungstisch in der Ecke seines geräumigen Büros. Dort stand eine elegante Thermoskanne inmitten mehrerer Becher, einem Teller mit kleinen Milchportionen und Zucker in den schmalen Papiertüten.
„Mach es dir bequem, gieß dir Kaffee ein und greif

zu!“ Mit diesen Worten schob er ihr den Teller mit den schmalen, einzeln verpackten Keksen zu, wie sie in vielen Cafés als Tellerbeilage üblich waren.

Petra Lichtner ließ sich das nicht zweimal sagen, sie goss sich einen Becher aus der Thermoskanne randvoll ein, probierte mit spitzen Lippen, fand das Getränk noch zu heiß und wickelte sich einen der dünnen, knusprigen Kekse aus.

„Stell dir vor, Scheffe, was sich bei einer ganz harmlosen Geschichte ergeben hat. Die Kollegen vom Verkehrsunfalldienst haben einen tödlichen Unfall Ecke Rufhäutchen und Domplatz aufgenommen. Ein Fußgänger wurde erfasst und tödlich verletzt, der Fahrer begann Fahrerflucht.“

„Soweit alles trauriger Alltag“, bemerkte Faust, der jetzt ebenfalls seinen Becher aus der Thermoskanne füllte. „Ich nehme mal an, dass es bei dem Unfall etwas gab, dass die Kollegen veranlasste, euch zu benachrichtigen?“

Die Kommissarin sah ihren Vorgesetzten mit einem Gesichtsausdruck an, als wolle sie sich gleich erkundigen, ob er sich über sie lustig mache. Aber Faust behielt seine leicht vorgebeugte Haltung und griff nun ebenfalls zu einem der Kekse.

„Nein, nein, da scheint es, abgesehen von der Fahrerflucht, keine Besonderheiten gegeben zu haben. Jedenfalls haben uns die Kollegen nichts davon berichtet. Nein, der Tote hatte seinen Ausweis in der Geldbörse, man stellte fest, dass er in kürzerer Entfernung am Steinweg wohnte und suchte die Adresse auf, um möglicherweise Angehörige zu benachrichtigen."

Hier stockte die Kommissarin kurz, nahm einen Schluck vom Kaffee und erzählte schließlich weiter.

„Auf das Klingeln reagierte niemand, und als die Beamten gerade wieder abrücken wollten, öffnete sich eine Wohnungstür nebenan, und eine ältere Frau erklärte, dass jemand in der Wohnung sein müsste. Sie hatte an diesem Morgen einen heftigen Streit, laute Männerstimmen und einen Schrei gehört. Kurz und gut, wir ließen die Tür öffnen, die Kollegen fanden im Wohnzimmer eine Tote und alarmierten uns."

Jetzt hatte sie die ganze Aufmerksamkeit des

Kriminalrates. - „Männerstimmen?"
„Die Nachbarin berichtete, dass bei den Konraths häufiger Männer auch über Nacht blieben. Sie ist sich ziemlich sicher, an diesem Morgen die Stimmen von zwei Männern gehört zu haben."
„Das ist in der Tat seltsam. Also geht ihr davon aus, dass ein Mann Katrin Konrath am Morgen getötet hat – möglicherweise ihr eigener Mann, und der andere? Jan Konrath verließ anschließend die Wohnung und wurde – wo genau?" Dr Faust warf einen Blick auf den Stadtplan an der Wand. „Ach hier, direkt vor dem Hotel also, überfahren. Seltsam, mir war gar nicht bewusst, dass die Straße dort vor der Dankwardstraße auch noch Domplatz heißt – für mich war das immer nur die Münzstraße."
Faust strich sich nachdenklich über die Stirn.
Sie hatten, nach einem langen Sommer, jetzt einen herrlichen Oktoberbeginn, dessen noch immer hohe Temperaturen einen goldenen Herbst versprachen. Aber im Zimmer des Kriminalrates war es dank einer Klimaanlage immer angenehm kühl.

„Wir haben ein paar Dinge in aller Eile über den Toten und seine ermordete Ehefrau zusammengestellt“, fuhr die Kommissarin fort und überreichte ihrem Chef einen Ausdruck. „Katrin und Jan Konrath lebten auf großem Fuß, dabei drohte beiden neben der Insolvenz auch die Zwangsräumung ihrer Wohnung aufgrund nichtgeleisteter Mietzahlungen.“
„Ah, verstehe. Dieser Jan Konrath besaß doch eine in Braunschweig ziemlich bekannte Immobilienfirma, verwaltete Mietshäuser und hatte doch seine Finger auch in dem Projekt Braunschweig-Ost, wenn ich mich richtig erinnere.“
„Das trifft zu, Scheffe. Konrath war einer von drei Investoren, die das Baugebiet von Braunschweig-Ost um mehr als das Doppelte vergrößern wollten. Grundstücke wurden abgesteckt und fanden zahlreiche Interessenten, als vor zwei Jahren die Bombe platzte. Es gab keine Baugenehmigung der Behörden, der Eigentümer der Felder zog sich zurück und verlangte eine Entschädigung in unglaublicher Höhe, und die beiden Partner ließen Konrath wie eine heiße Kartoffel

fallen.“ - „Hm, und willst du nun andeuten, dass auch sein Unfall in diese Geschichte passt und es vielleicht sogar ein Anschlag war?“, erkundigte sich Faust.
„Zumindest können wir das nicht ausschließen. Bernd und ich wollten als nächste Maßnahme seine ehemaligen Finanzpartner unter die Lupe nehmen, Heiko sitzt seit einer halben Stunde am PC und trägt zusammen, was wir über diese Baugeschichte und die Partner des Toten finden können.“
„Gut, Petra, dann lass uns in einer Stunde zusammenkommen. Ist der Obduktionsbericht schon da?“
„Du meinst, von Katrin Konrath? Nein, der Doc erklärte nur, was wir selbst sehen konnten. Katrin Konrath wurde durch mehrere kräftige Schläge auf den Kopf mit einer Hantelstange getötet.“
„Das und die Bemerkung der Nachbarin über einen morgendlichen Streit mit zwei Männern deutet möglicherweise auf eine spontane Tat in Folge eines Ehestreits hin. Wer weiß, wer der andere Mann war – vielleicht hat Jan Konrath seine Frau mit ihm überrascht? Aber veranlasse bitte, dass auch der Unfalltote

obduziert wird.“ - „Wirklich? Das war aber doch ein klarer Unfall mit Todesfolge, wir haben zwei echte Augenzeugen, die praktisch das Geschehen mitverfolgt haben.“

„Trotzdem“, erwiderte Faust. „Die Tat in der Wohnung und der Tod des mutmaßlichen Täters sind mir zu dicht beieinander. Ich möchte Zufälle ausgeschlossen wissen.“

3.

Am nächsten Tag, einem Donnerstag, lag das Obduktionsergebnis des Unfalltoten bereits vor. Erstaunt über die Geschwindigkeit, in der die KTI in Hannover gearbeitet hatte, nahm Dr Thomas Faust den Computerausdruck in die Hand, überflog rasch die Zeilen und ging dann hinüber zu Bernd Schuchert, der ihm erwartungsvoll entgegenblickte.

„Alkohol in ziemlicher Menge bei Jan Konrath, dem Unfallopfer!“, bemerkte der Kriminalrat und Schuchert pfiff leise.

„Das erklärt einiges – sowohl die Tat, wohl im Affekt – wie auch den Unfall.“

„Nicht ganz!“, widersprach Faust. „Nach Aussage der beiden Augenzeugen beschleunigte der rote Sportwagen noch in der 30ger Zone. Es sah alles danach aus, als hätte der Fahrer Jan Konrath direkt angesteuert. Jedenfalls gab es weder Bremsspuren noch ein Ausweichmanöver.“

„Hm“, brummte Schuchert und lehnte sich zurück. „Die Fahndung nach dem Mazda läuft, bislang gab es jedoch noch keine Hinweise auf einen in Helmstedt zugelassenen MX 5 mit den Buchstaben ES oder EF und zwei Ziffern. Der Zeuge muss sich geirrt haben.“

„Und was gab die Überprüfung auf rote Sportwagen überhaupt?“, erkundigte sich Faust.

„Es gibt aktuell 28 rote Sportwagen dieses Typs mit der Helmstedter Zulassung, allerdings hat nicht ein einziges Fahrzeug keine derartige Buchstabenkombination, noch nicht einmal ein ‚E‘. Viele haben die total witzige Buchstabenkombination He-XE, ist schon kaum noch zu überbieten.“

„Gut, wir werden auf alle Fälle weiter in diesem Bereich suchen."
„Macht unser Benjamin mit Feuereifer!", erwiderte der Kommissar und deutete hinüber zu Heiko Schubert, der ganz konzentriert auf seinen Bildschirm starrte, während seine rechte Hand die Maus bewegte.
„Nach Aussage der Zeugen muss es sich um ein Modell der frühen 90ger Jahre handeln, noch mit Klappscheinwerfern. Davon laufen im Landkreis noch 5 Exemplare, keiner ist in roter Farbe lackiert, keiner hat die erwähnten Zeichen im Kennzeichen", vermerkte Schubert, als sein Vorgesetzter an seinen Schreibtisch trat.
„Schade", bemerkte Faust. „Und da niemand ausschließen kann, dass das Fahrzeug nach so langer Laufzeit umlackiert wurde, haben wir auch wenig Aussichten, den richtigen Halter zu finden. Aber stellt bitte alle in Frage kommenden Fahrzeuge zusammen und übermittelt die Liste an die Kollegen in Helmstedt. Sie sollen sich Halter und Fahrzeuge einmal ansehen."

„Mache ich sofort, die Daten habe ich bereits in einer Excel-Tabelle zusammengeführt."

Der Kriminalrat wartete nicht ab, bis Heiko Schubert die Datei abgeschlossen hatte, sondern kehrte in sein Büro zurück. In diesem Augenblick klingelte sein Telefon, und ein Blick auf das Display zeigte ihm, dass die Abteilung 5, das Kriminaltechnische Institut (KTI) Niedersachsen anrief.

„Lichtner", meldete sich der Bekannte des Kriminalrates, der zufällig den gleichen Familiennamen wie die Kommissarin Petra Lichtner trug, aber ‚nicht verwandt und nicht verschwägert' immer gern im Gespräch betonte.

„Dr Lichtner, schön, Sie selbst einmal wieder zu sprechen. Gibt es etwas Neues?", begrüßte ihn Thomas Faust.

„Die Augenzeugen haben ja das Unfallfahrzeug als Mazda der ersten Baureihe beschrieben", erklärte der Leiter der Abteilung. „Die Farbpartikel, die wir sichern konnten, bestätigen das. Es handelt sich um den Originallack, also keine spätere Neulackierung."

„Gut, das hilft uns!“, erwiderte Faust.
„Und die Ergebnisse der Obduktion dieses Unfalltoten können wir noch um eine nicht uninteressante Kleinigkeit ergänzen.“
Thomas Faust lauschte gespannt und hielt unwillkürlich den Atem an.
„Der Mann muss eine tätliche Auseinandersetzung vor seinem Unfalltod gehabt haben. Da sein mutmaßliches Opfer, seine Ehefrau, keine Kratzspuren aufwies, deutet alles darauf hin, dass Jan Konrath noch Streit mit einer anderen Person an diesem Tag hatte. Und von diesem Jemand fanden sich ausreichende Hautpartikel unter seinen Nägeln, die eine DNA zulassen. Und wir haben noch eine weitere DNA festgestellt. Die Tote hatte mit zwei verschiedenen Partnern Geschlechtsverkehr.“
„Interessant, besten Dank, Doc. Das bestätigt die Aussage der Nachbarin von zwei Männerstimmen. Schicken Sie uns bitte das Ergebnis noch zu?“
„Schon auf dem Weg. Sie haben Post!“
Faust klickte sein Postfach an, fand die entsprechende

Nachricht samt Anhang und öffnete sie. Gleich darauf meldete sich Petra Lichtner bei ihm vom Außeneinsatz zurück, und Faust lächelte sie an.

„Ich habe gerade Post von deinem Nicht-Verwandten erhalten!“, sagte er scherzend.

„Ach, Doc Lichtner – nicht verwandt, nicht verschwägert? Was hat er?“

„Konrath hat an seinem Todestag noch eine weitere Auseinandersetzung gehabt. Man fand Hautreste unter seinen Nägeln, die ausreichend für eine DNA-Bestimmung sind. Außerdem bestätigt uns Lichtner die Anwesenheit eines zweiten Mannes. Die Ermordete hatte kurz zuvor Verkehr mit zwei verschiedenen Männern.“

„Donnerwetter, das muss ja ein turbulenter Tag für die Konraths gewesen sein!“, kommentierte die Kommissarin. „Jetzt müssen wir nur noch einen Mazda-MX 5-Fahrer mit Kratzspuren finden. Ist ja ganz leicht, die Spurensuche in diesem Fall.“

„Nur Geduld und kriminalistischer Spürsinn, liebe Petra. Vielleicht entdecken die Kollegen ja den MX 5

und mit dem Halter haben wir den Täter – und überführen ihn mit Hilfe der DNA."
Petra Lichtner seufzte.
„So einfach hatte ich mir die Ermittlungsarbeit in diesem Falle gar nicht vorgestellt, Scheffe!"
Damit verließ sie sein Büro wieder und ließ einen Kriminalrat mit gerunzelter Stirn zurück.
Thomas Faust überlegte ernsthaft, wie er seiner geschätzten Kollegin diese unmögliche Anrede abgewöhnen konnte. Er hatte keine Idee, wie das ohne persönliche Empfindlichkeiten funktionieren konnte. Mit einem Seufzer nahm er noch einmal den Bericht der KTI in die Hand.
‚Zwei verschiedene Männer im Bett', überlegte er. ‚Dann der eskalierende Streit. Jan Konrath von einem Sportwagen überfahren. Reichlich Alkohol in seinem Blut. Was ist da in der Wohnung sonst noch geschehen?'

4.

Friedrich Krone spähte nervös vom Schloss den Bohlweg hinunter und warf erneut einen Blick auf seine Armbanduhr. Er mochte es noch immer nicht wahr haben, dass er heute im Stadtarchiv die älteste Urkunde sehen sollte, in der die Braunschweiger Mumme, das viel gepriesene Bier aus seiner Heimatstadt, erwähnt wurde. Nach der Publikation einer Schrift über die Mumme in ihren verschiedenen Formen – sowohl als Bier wie später als stärkende, alkoholfreie Segelschiff-Mumme – war jetzt der Tag gekommen, an dem er gemeinsam mit dem Team von Ostfalen-TV in der geplanten Dokumentation auch die erste Erwähnung in einem Steuerbuch der Stadt Braunschweig aus dem Jahr 1390 sehen durfte. Wie diese Urkunde, Rechnung oder Erwähnung in dem Steuerbuch aussah, war ihm nicht völlig klar, und auch im Internet fanden sich nur schwammige Hinweise.

Zum Vergleich zog Krone jetzt sein Handy aus der Tasche, verglich die angezeigte Uhrzeit mit seiner

Armbanduhr, blickte wieder auf den Fahrzeugstrom, der langsam an ihm vorbeifuhr und gerade erneut vor der Fußgängerampel zum Stehen kam.
Unwillkürlich fiel sein Blick auf einen flachen, knallroten Sportwagen, der als zweiter Wagen vor der Ampel stand.
‚Das ist der Kerl!', durchzuckte ihn ein Gedanke, und rasch suchte er das Kamerasymbol. ‚Ich hatte ganz richtig gesehen – HE-ES 28. Na warte, mein Freund!'
Die Ampel sprang um, die Fahrzeuge setzten sich wieder in Bewegung, und Krone drückte hastig auf den Auslöser. Schon im nächsten Moment schob sich ein Lieferwagen ins Bild, und mit einem Fluch starrte er auf das Foto. Es war verwischt, aber wenn er das Bild mit den Fingern auseinanderzog, konnte er das Kennzeichen deutlich genug ausmachen.
Ein leichtes Hupen neben ihm ließ ihn zusammenfahren.
„Was ist denn, Fritz? Fotos vom fließenden Verkehr?"
Neben ihm hatte der Kombi von Jens Grothe angehalten und das Beifahrerfenster heruntergelassen.

„Jens, du kommst wie gerufen. Los, da vorn ist der rote Mazda eben noch gewesen, fahr ihm nach!“ Mit diesen Worten riss Fritz Krone die Beifahrertür auf, ließ sich in den Sitz fallen und griff nach dem Gurt. Grothe fuhr an und warf einen skeptischen Blick nach vorn.

„Also – ich kann keinen roten Sportwagen sehen. Bist du sicher?“

„Ganz sicher, Jens, drück aufs Gaspedal, den müssen wir stellen!“

Aber die Ampel Ritterbrunnen/Steinweg war auf Rot gesprungen, und von einem Sportwagen war weit und breit nichts zu sehen.

„Er muss abgebogen sein, Richtung Theater. Auf der Wilhelmstraße kann ich ihn jedenfalls nicht sehen, und da herrscht auch noch Tempo 30. Also nach rechts, Jens!“

Sie bekamen freie Fahrt, und Jens Grothe beschleunigte auf dem Steinweg.

„Und jetzt? Richtung Jasperallee oder hier rechts Magnitorwall?“

Krone blickte nach rechts und deutete dann zum Theater.
„Der ist nicht abgebogen, kann nur um das Theater zur Jasperallee gefahren sein.“
Als sie den Bogen entlang Richtung Okerbrücke fuhren, war auch hier nichts von dem Mazda zu sehen. Jens Grothe bemerkte verwundert, wie sein Beifahrer das Handy herauszog.
„Wen willst du anrufen?“
„Die Polizei über 110. Sie sollen eine Fahndung auslösen, ehe der Kerl wieder verschwindet.“
„Notruf? Ich weiß nicht...“, antwortete Grothe gedehnt.
„Das geht ja in die lokale Leitstelle, was anderes fällt mir so schnell nicht ein.“
Die Notrufzentrale meldete sich, Friedrich Krone gab seinen Namen und seine Adresse ein und bat dann, nach dem Mazda zu fahnden, der den Unfall mit Todesfolge auf der Straße Domplatz verursacht hatte. Er lauschte der Antwort des Beamten und beendete dann das Gespräch.

„Wir müssen umkehren, Fritz, der Termin im Stadtarchiv…“
„Ja, klar. Der Mazda ist wie vom Erdboden verschwunden.“
Bei passender Gelegenheit bog Jens Grothe in die nächste Querstraße ein, fuhr zurück zum Theater und dann über den Magnitorwall zurück zum Bohlweg, wo sie schließlich am Seiteneingang des Schlosses parkten und die Geräte in den Aufzug verluden. Fritz war zuvor im Stadtarchiv, hatte sich die Sondergenehmigung für das Parken an dieser Stelle geben lassen und platzierte den laminierten Ausdruck jetzt deutlich sichtbar hinter der Windschutzscheibe.
Dann griff er die letzte Tasche mit den Stativen auf und ging damit zum Aufzug, der bereits zum zweiten Mal vollgeladen war und nun alles in die obere Etage brachte. Er hatte noch immer die Gedanken bei dem Mazda, aber bei der freundlichen Begrüßung verdrängte er alles und freute sich auf die Präsentation der wertvollen Archivmaterialien.

5.

„Der MX 5 wurde in der Stadt gesehen!“, berichtete Heiko Schubert Petra und Bernd, die ihm gegenüber saßen.

„Wirklich das Tatfahrzeug oder nur einer von vielen Mazdas?“, erkundigte sich Bernd Schuchert.

„Einer der Unfallzeugen hat ihn wiedererkannt. Und das Kennzeichen durchgegeben: HE-ES 28. Er hat sogar noch ein Handyfoto am Schlossplatz geschossen, leider unscharf. Aber das Kennzeichen ist durchaus erkennbar. Nur leider ist es nie vergeben worden.“

„Was ist los? Der Unfallverursacher traut sich wieder nach Braunschweig mit seinem auffälligen Oldtimer und fährt mit einem gefälschten Kennzeichen durch die Gegend? Das nenne ich mal abgebrüht!“, antwortete der Kommissar.

Auch Petra erhob sich und folgte ihrem Kollegen zum Schreibtisch des jungen Kriminalkommissaranwärters, der sofort nach der Information der Kollegen von der Verkehrsabteilung eine Halterabfrage gemacht hatte. Kopfschüttelnd starrte Petra Lichtner auf die

Anzeige und erkundigte sich: „Gibt es dazu schon etwas von den Helmstedter Kollegen?“
„Nein, das wäre auch zu früh – die Nachricht ist noch keine fünf Minuten alt“, antwortete Heiko Schubert.
Als hinter ihnen die Tür aufgerissen wurde, flogen ihre Köpfe herum. Es war Thomas Faust, der hereingestürmt kam, in der Hand ein paar Papierbögen hielt und dabei über das ganze Gesicht strahlte.
„Scheffe!“, empfing ihn Petra Lichtner. „Du hast mit Sicherheit schon den Fall gelöst – jedenfalls, wenn man dein Strahlen richtig deutet!“
Der Kriminalrat ließ sich die gute Laune nicht verderben, legte seine Papiere auf den ersten Schreibtisch, hockte sich auf die Kante und begann mit seinen Erklärungen.
„Es gibt einen weiteren Namen für uns: Noah Winter, Geschäftspartner von Jan Konrath. Auch er ist für uns kein Unbekannter. Es gab da einmal einen Vorfall auf einer seiner Baustellen mit einem Toten nach Sturz vom Baugerüst. Der Arbeiter wies Verletzungen auf, die im Zusammenhang mit seinem Sturz vom

Baugerüst zu stehen schienen. Und es war bekannt, dass sich Winter mit dem Arbeiter kurz vor dessen Absturz im Rohbau heftig gestritten hatte. Für den Streit gab es Ohren-, aber keine Augenzeugen. Damals wurde er von einem äußerst windigen Anwalt, einem gewissen Vincent Dreyer, vertreten."

„Und – war Winter schuld an dem Absturz des Mannes?"

„Das konnte bei der Obduktion nicht völlig ausgeschlossen werden. Aber schließlich gelang es dem Anwalt, einen Zeugen zu finden, der beschwor, dass Winter an seinem PKW stand, als der Mann vom Gerüst stürzte. Aber hört mal zu, was ich noch über diesen Winter weiß."

Als er endete und seine Mitarbeiter abwartend ansah, ließ Bernd Schuchert die angehaltene Luft mit einem lauten Geräusch entweichen.

„Also Noah Winter besitzt einen roten Mazda MX 5. Das hört sich ja überaus interessant an und könnte uns weiterbringen!", rief Petra Lichtner geradezu begeistert aus.

„Vorausgesetzt, die Kollegen treffen den Herrn auch noch an. Sollte es sich herausstellen, dass dieser Noah Winter am fraglichen Tag mit dem Mazda unterwegs war …“, erwiderte Faust, unterbrach sich dann aber gleich wieder. „Egal, warten wir es ab, was die Streifenpolizisten in Erfahrung bringen.“
„Ehrlich gesagt, würde ich gern selbst zu der Adresse fahren, Thomas!“, erwiderte Bernd Schuchert.
„Verständlich, aber nun warte bitte die Info der Kollegen ab. Du weißt, dass uns der Innenminister angewiesen hat, jegliche unnötige Dienstfahrt zu vermeiden. Wir sind alle aufgerufen, Energiekosten zu sparen und an die Umwelt zu denken!“
Der Kommissar grinste breit.
„Ja, schon klar. Vielleicht kommt noch demnächst die Empfehlung wie vom protestantischen Landesbischof, bei Dienstfahrten auf der Autobahn nicht schneller als einhundert Stundenkilometer zu fahren.“
Diese Bemerkung brachte nun alle zum Schmunzeln, und wenig später vermeldeten die uniformierten Beamten, dass man das Haus von Noah Winter

vollkommen verlassen vorgefunden habe. Jalousien seien herabgelassen, der Garten machte einen ungepflegten und trockenen Eindruck nach dem noch immer nicht ganz abgeklungenen Sommer, und die Nachfrage bei den Nachbarn ergab, dass man Winter schon seit längerer Zeit nicht mehr gesehen hatte. Nach kurzer Beratung stimmte Thomas Faust dem Wunsch seiner Kommissare zu, sich selbst noch einmal vor Ort ein Bild zu machen.

„Und schreibt den Mann zur Fahndung aus. Haben die Nachbarn einen roten MX 5 erwähnt?"

„Soweit ich das eben gehört habe, haben sich die Kollegen danach nicht erkundigt", antwortete Petra Lichtner, die mit den Streifenpolizisten gesprochen hatte.

„Wenn man nicht alles selbst macht!", ergänzte Bernd Schuchert und griff den Wagenschlüssel vom Schreibtisch. „Mit Petra, ist das in Ordnung?"

Der Kriminalrat nickte nur zustimmend und war bereits wieder auf dem Weg in sein Büro, weil er ein weiteres Telefongespräch führen wollte. Seine Hinweise auf Noah Winter verdankte er seinem Freund und Kollegen vom Dezernat 11, Kriminalhauptkommissar Edgar Feininger. In seiner Dienststelle wurde seit einiger Zeit gegen Winter ermittelt, der offenbar ebenso wie Jan Konrath in einige unsaubere Finanzgeschäfte verwickelt war.

„Thomas, soweit uns bislang bekannt ist, gehört ein roter Mazda MX 5 zum Haushalt von Noah Winter. Er lebt aber überwiegend gar nicht in seinem ziemlich feudalen Haus, sondern zusammen mit einer zehn Jahre jüngeren Frau in einer Penthouse-Wohnung im Östlichen Ringgebiet. Winter selbst fährt einen Porsche Taycan Sport Tourismo und würde sich, nach meiner Überzeugung, auch kaum in einen japanischen Wagen setzen. Dazu sind seine Ansprüche viel zu hoch – jedenfalls waren sie es bis zur berufsbedingten Krise, die ihn immer schneller nach unten gezogen hat.“

„Aufgrund der Pandemie?“, erkundigte sich Faust. Sein Gesprächspartner lachte fröhlich auf.

„Wohl eher wegen einer pathologischen Spielsucht!“

„Oha, und das hat ihn ruiniert?“

„Nicht nur ihn, sondern vermutlich auch seine Partner, zu denen eben dein Jan Konrath gehört. Und noch ein weiterer Finanzberater und Immobilienhändler, ein gewisser Thorsten Schumacher. Die drei bildeten eine regelmäßige Spielerrunde, zockten, was das Zeug hielt, und brachten sich dadurch schon mehrfach in gefährliche Turbulenzen. Außerdem gab es jede Menge Weibergeschichten. Wie ich von den uniformierten Kollegen erfuhr, wurden sie mehrfach aufgrund des nächtlichen Lärms gerufen. Partys mit zahlreichen Frauen waren dort mehrfach in der Woche im Gang. Aber im Mai dieses Jahres musste Winter Insolvenz anmelden, aber da war schon einiges in Bewegung geraten. Die Steuerfahndung war hinter ihm her, der Verdacht des Insolvenzbetruges ergab sich, und Noah Winter verschwand von der Bildfläche.“

„Und Ihr habt jetzt eine Spur?“

„Bislang nicht zu Winter, wohl aber zu Thorsten Schumacher. Der war überhastet ins Ausland abgereist, traf aber vor einer Woche via München wieder in

Deutschland ein und wurde noch am Flughafen verhaftet."

„Interessant, den Mann würde ich gern einmal sprechen, wenn er sich als Geschäftspartner von Konrath herausstellt."

„Wird in der kommenden Woche möglich sein. So, mein Lieber, ich habe zu tun, war nett, mal wieder mit dir zu plaudern. Ich rufe an, sobald uns Schumacher überstellt wurde. Gruß an Maria!"

„Bestelle ich. Nimmst du gar nicht an den Krystallinen in der Burg teil?"

KHK Feininger war wie Thomas Faust Schlaraffe in der Brunsviga. Man traf sich in der Zeit von Oktober bis April einmal wöchentlich, in der sogenannten *Sommerung* gab es vierzehntägige Treffen im Vereinsheim, der sogenannten *Burg* in der Hochstraße, die als *Krystallinen* bezeichnet wurden. Das altehrwürdige Gebäude sah schon von weitem aus wie eine Burg, war früher Sitz der Erzgießerei Georg Howaldt und erhielt einen eigenen Turmanbau, der sich eng an den der Burg Dankwarderode hielt.

„Das schaffe ich derzeit überhaupt nicht, Thomas. Bist du am nächsten Donnerstag dabei?"
„Hatte ich eigentlich vor. Ich wollte einfach mal auf ein alkoholfreies Weizen nach Feierabend vorbeischauen. Übrigens haben dich alle schon beim Grillnachmittag vermisst!"
„Dann grüß bitte alle und richte aus, dass ich mich schon auf den Oktober freue, wenn es wieder losgeht – aber im Moment bin ich zwischen Beruf und Familie zu stark eingespannt."
„Dann grüße bitte die Deinen und bis demnächst. Ich warte auf deinen Anruf!"
Eben trat der junge Kriminalkommissaranwärter Heiko Schubert in die offene Tür und räusperte sich leicht. Faust gab ihm ein Zeichen, einzutreten und wies auf einen Stuhl am runden Tisch in seiner Besprechungsecke.
„Ich denke mal, das ist für uns interessant, Chef." Mit diesen Worten legte Schubert eine ausgedruckte Web-Seite auf den Tisch des Kriminalrates. „Mir ist es gelungen, eine nicht mehr bestehende Web-Seite

ausfindig zu machen. Da scheint es eine ganze Reihe von Gründen zu geben, den Herren Konrath, Schumacher und Winter zumindest ein Bein zu stellen!“

Faust überflog rasch die Seite einer Immobilien- und Finanzberatergruppe. Die drei Geschäftspartner waren jeweils im Porträt dargestellt und machten einen durchaus seriösen Eindruck. Während der Kriminalrat noch die Schlagworte las, mit denen hier Interessenten verlockt wurden, in Bauprojekte zu investieren, murmelte er halblaut: „Nicht mehr bestehend?“

„Ja, Chef“, beeilte sich Schubert mit einer Erklärung. „Das Internet vergisst nie. Ich habe die Seite durch ein Foto entdeckt, auf dem Jan Konrath zu sehen war. Hier unten können Sie die ursprüngliche https-Adresse lesen und dort finden Sie überaus lukrative Angebote der Firma.“

Faust stand auf, gab etwas auf der Tastatur ein und betrachtete die Seiten.

„Hier macht aber eine Gruppe von angeblich seriösen Geschäftsleuten auf ganz dicke Hose!“, bemerkte er nach kurzer Zeit. „Und wenn ich die angeblichen

Gewinne hier sehe, muss ich doch sofort misstrauisch werden! 12,5 Prozent Rendite bei kurzer Laufzeit – wer steigt denn in eine so windige Sache ein!“

„Mehr als genug, Chef. Aber das eingezahlte Geld ist verschwunden, es gibt bereits eine Internet-Gruppe, die sich austauscht und erste Berichte von Anwälten, die eingeschaltet wurden.“

„Ein sauberes Trio!“, bemerkte Thomas Faust. „Danke, Heiko, gib die Infos bitte an die anderen weiter. Und du selbst trägst bitte alles zusammen, was du über diese angeblich so attraktiven Bauprojekte noch finden kannst.“

„Mach‘ ich, Chef. Ob da auch Kriminalhauptkommissar Edgar Feininger mehr weiß?“

Faust nickte lächelnd.

„Kontakt hergestellt, Heiko. Mehr dazu demnächst.“

6.

„Warte doch bitte mal, Fritz!“

Verwundert drehte sich Friedrich Krone nach der Stimme um und entdeckte Bruno Saalfeld, der quer über den Kohlmarkt auf ihn zusteuerte und dabei heftig mit beiden Armen in der Luft ruderte.

„Bruno, was gibt es so Wichtiges? Du bist ja vollkommen echauffiert!“, bemerkte Krone lächelnd, wohl wissend, dass der Kollege solche Ausdrücke liebte. Er hatte gerade eine Gulaschsuppe in der Suppenbar zu sich genommen und stand noch an einem der gut besuchten Tische unter den mächtigen Sonnenschirmen. Bevor Bruno Saalfeld sich zu ihm gesellte, warf er einen scheuen Blick durch die Glasscheibe der Suppenbar. Er hatte noch immer Sorge, von Robert Wagner zurechtgewiesen zu werden – nach den Ereignissen, die zum Tod eines Kollegen auf dem Kohlmarkt geführt hatten (vgl. dazu ‚*Mord auf dem Kohlmarkt*‘). Als er sicher war, dass Wagner nicht anwesend war, amtete er erleichtert durch und stellte sich neben Krone.

„Es ist ja auch heute wieder ungewöhnlich heiß!“, merkte er an und fuhr sich mit einem Papiertaschentuch über die Stirn. „Völlig ungewöhnlich für diese Jahreszeit!“

„Ja, das ist in diesem Jahr schon auffallend. Aber du hast doch etwas auf dem Herzen, Bruno. Lass hören!“

„Tja, also – diese Geschichte mit der Otilia Kreutzkamp und ihrem Seemann Caspar Busch geht mir nicht mehr aus dem Sinn.“

Fritz Krone lachte fröhlich auf.

„Das war mir klar, Bruno, als ich dich um das Ostfalen-Team schleichen sah. Was genau möchtest du denn wissen?“

„Deine Quellen. Ich habe mir den Kopf zerbrochen, aber keinen Hinweis gefunden, weder bei Wikipedia noch irgendwo im Internet.“

Fritz griff seine Suppenschale und stellte sie zu den anderen auf die Ablage. Er musste sich beherrschen, um nicht laut herauszuplatzen. Bruno Saalfeld, der Stadtführer, der sich wer weiß was auf sein Fachwissen einbildete, stand vor einem Rätsel.

„Tja, Bruno – bei uns ist es manchmal wie in einem Krimi. Der Zufall muss helfen, dann geht es auch weiter.“

Die rundliche, gedrungene Figur des Stadtführers

schien vom Kopf bis zu den Füßen auszudrücken, dass er beleidigt war. Es konnte doch nicht angehen, dass einer der Kollegen aus dem Kreis der Stadtführer mehr wusste als er selbst! Sein vom Vollbart umrahmter Mund öffnete sich zu einem fast kreisrunden ‚O', und dann folgte ein lautes Schnaufen durch die Nase.

„Komm schon, Fritz!", krächzte er schließlich. „Du wirst doch einen alten Kollegen und Freund nicht hängen lassen! Wo hast du diese Mummegeschichte entdeckt?"

Friedrich Krone warf ihm einen überaus belustigten Blick zu und antwortete schließlich kryptisch: „Eine Fußnote, Bruno, enthüllte mir mehr. Und sehr, sehr viel Recherche. Aber ich gebe dir gern einen Tipp, so unter uns. Besorge dir von Heinrich Knaust das Werk über die Kunst des Bierbrauens."

„Knaust? Nie gehört. Das ist bei uns in der Stadtbibliothek? Oder im Archiv?"

Krone wandte sich bereits zum Gehen.

„Nein, aber in Dresden. Es stammt aus dem Jahr 1575!", ergänzte er noch.

„Und – und da gibt es Fußnoten?“
„Nein, natürlich nicht. Aber Hinweise, Bruno, Hinweise! Jetzt bist du gefordert, betreibe eigene Recherchen! Ich muss weiter, wir haben in einer halben Stunde den nächsten Drehtermin mit dem Ostfalen-Team.“
„Und wo wird das stattfinden?“
Aber von Friedrich Krone kam keine Antwort. Er eilte in Richtung Hutfiltern davon und blickte sich kein einziges Mal mehr um. Dabei hätte er nichts dagegen einwenden können, wenn ihm der Kollege gefolgt wäre. Eigentlich rechnete Krone sogar fest damit, dass Bruno Saalfeld ihn nicht mehr aus den Augen lassen würde. Deshalb hatte er auch eine andere Richtung eingeschlagen als eigentlich geplant. Aber für das ortsfremde Kamerateam war das Treffen am Bohlweg geplant. Dort wollte er zusteigen und dann zur Heydenstraße fahren, dem nächsten Drehort.
Er musste nicht lange warten, als das Fahrzeug neben ihm anhielt und Jens Grothe ihn fröhlich begrüßte.
„Heute ohne Olaf?“, erkundigte sich Fritz.

„Ja, leider, er ist verhindert. Ich denke aber, wir beide bekommen das auch ohne ihn hin. Wenn ich dich richtig verstanden habe, drehen wir nur eine kurze Sequenz in einem Keller?“

Jens Grothe fuhr an und folgte der Beschreibung, die ihm sein Beifahrer gab.

„Ja, sicher nicht sehr lange, aber dafür umso intensiver. Und wir werden einige Lampen dazu benötigen!“

„Keine Sorge, davon habe ich genügend dabei. Und was ist das für ein Keller, und in welchem Zusammenhang steht er mit der Mumme?“, wollte Grothe wissen.

„Du, pass auf, Jens, der gesamte Bohlweg und die Stobenstraße bis hinauf zum Kennedy-Platz ist eine 30er Zone. Hier wird gern geblitzt.“

„Alles gut!“, antwortete der Fahrer grinsend.

„Also, ich habe die Vermutung, dass unsere Mumme-Geschichte jetzt einen tragischen Hintergrund erhält. Meine Recherchen sind noch nicht abgeschlossen, ich warte noch auf eine digitalisierte Dokumentation, die ich im Stadtarchiv angefordert habe.“

„Tragischer Hintergrund?“

„Ja. Ich habe Grund zur Annahme, dass die Geschichte um den Verräter Caspar Busch mit einem Mord endet."

„Mit einem Mord? Ah, ich verstehe. Und wir filmen jetzt den Tatort?"

Fritz Krone lachte laut auf.

„Ja, so ähnlich jedenfalls. Lass dich überraschen, Jens."

7.

Petra Lichtner und Bernd Schuchert fanden direkt vor dem Haus von Noah Winter einen Parkplatz und musterten die helle Fassade mit den heruntergelassenen Rollläden. Dann traten sie durch die Gartenpforte ein und fanden die Aussage der uniformierten Kollegen bestätigt, dass sich hier wohl schon längere Zeit niemand mehr aufgehalten hatte. Der Rasen war durch den langen Sommer vollständig vertrocknet und zeigte eine braune Oberfläche. Unter einem

Apfelbaum lagen zahlreiche Äpfel, die bereits in Fäulnis übergingen.

Auch von der Rückseite machte das Haus einen verlassenen, beinahe schon abweisenden Eindruck. Aber Petra Lichtner gab so schnell nicht auf. Sie entdeckte auf der Hausseite zum Nachbargrundstück einen nicht vollkommen herabgelassenen

Rollladen, stellte sich auf Zehenspitzen und bemühte sich, etwas durch den Spalt zu erkennen.

„Kommst du mal, Bernd? Ich bin zu klein für einen freien Blick über die Fensterbank!“, rief sie ihrem Kollegen zu.

„Was willst du auch in einem derart abgedunkelten Haus erkennen, Petra?“, erkundigte sich Bernd, tat ihr aber den Gefallen und bemühte sich nun ebenfalls, durch den Spalt Einzelheiten zu erkennen. Dabei brummte er etwas Unverständliches vor sich hin, griff in seine Hosentasche und zog einen Schlüsselbund heraus, an dem eine winzige Taschenlampe hing. Sie hatte ihm schon oft gute Dienste geleistet, wenn er wieder einmal in der Dunkelheit nach Hause kam und niemand für ihn das Außenlicht angeschaltet hatte. Jetzt richtete er den starken Lichtstrahl auf den Fensterspalt, schirmte zugleich seine Augen ab, um nicht durch die Glasspiegelung geblendet zu werden und stieß einen Fluch aus.

„Was?“, rief Petra aus.

„Wir müssen die Kollegen benachrichtigen. Ich kann mich täuschen, aber ich habe einen Schuh mit dem Lichtstrahl erfasst.“

„Du meinst, da liegt jemand auf dem Boden? Kannst du mich hochheben?“

„Wenn du meinst!“, brummte der Kommissar, umschlang seine Kollegin fest mit beiden Armen und hob sie an, so dass sie sich auf der Fensterbank abstützen konnte.

„Und? Erkennst du etwas?“

„Na ich weiß nicht, Bernd – okay, lass mich wieder runter. Aber wenn das ein Fehlalarm ist – ich möchte das Gesicht von Thomas sehen, wenn du ihm den Großeinsatz erklärst!“

„Gut, dann fahren wir wieder zurück zur Dienststelle

und haben nichts Verdächtiges bemerkt!", antwortete Bernd. - „Blödmann!", antwortete Petra grinsend, hatte schon ihr Handy in der Hand und drückte die gespeicherte Rufnummer.
Gut zwanzig Minuten später waren alle versammelt. Jemand hatte auch einen Schlüsseldienst organisiert, und der Mann hatte einige Mühe, die gut gesicherte Haustür zu öffnen. Schon im Flur schlug ihnen ein unangenehmer Geruch entgegen, und als sie schließlich die Küche betraten, in der sie den Toten vermuteten, pressten sich die Polizisten Tücher vor die Nase.
„Gruselig!", vermerkte der junge Heiko Schubert, der in seiner bisherigen Dienstzeit noch nicht sehr viele Tote in derart fortgeschrittenem Verwesungsstadium gesehen hatte.
Neben einer großen, dunklen Lache aus getrocknetem Blut lag der Körper eines Mannes auf dem Bauch. Jemand leuchtete den Toten mit einer Taschenlampe ab, denn noch wollte man die Jalousien nicht öffnen, bevor nicht die SpuSi dort mögliche Abdrücke gesichert hatte.

Schubert begann zu husten und zu würgen, und Petra Lichtner machte ihm ein Zeichen, den Raum zu verlassen. Der junge Kriminalkommissaranwärter nutzte dankbar die Möglichkeit und zog sich bis auf den Hausflur zurück, wo er vorsichtig die Luft prüfte.

„Männliche Leiche, Ende Vierzig, Anfang Fünfzig. Schwere Kopfverletzung, Todeszeitpunkt geschätzt vor vier bis sechs Wochen. Näheres nach Auswertung der Innen- und Außentemperaturen in den vergangenen Wochen“, sprach einer der Beamten in sein Handy.

Lampen wurden aufgestellt, die mit einem Schlag den Fundort in ein grelles Licht tauchten. Die Kollegen der Spurensicherung begannen jetzt gründlich ihre Arbeit zunächst am Fundort der Leiche, dann nach und nach im gesamten Haus.

Auch die Kommissare Petra Lichtner und Bernd Schuchert waren dankbar, als sie das Haus wieder verlassen konnten.

„Was denkst du? Sicher doch der Hauseigentümer. Würde jedenfalls sein Verschwinden erklären!“,

bemerkte die Kommissarin.
„Schon möglich, Petra. Aber Tote fahren für gewöhnlich keinen Sportwagen mehr und töten damit einen anderen Menschen.“
Petra Lichtner sah ihren Kollegen überrascht an, dann verstand sie.
„Natürlich. So, wie der Tote aussieht, liegt er schon lange im Haus – und kommt für den Unfall nicht in Betracht. Ich denke, wir beide sehen uns mal ein wenig in der Nachbarschaft um. Ach ja, nimm Heiko dabei mit, der Junge sieht aus, als würde er jeden Augenblick alles von sich geben, was er seit heute Morgen zu sich genommen hat.“
Die drei Polizisten teilten sich die Häuser der Nachbarschaft auf.
Hier gab es nur Einfamilienhäuser, überwiegend aus der Vorkriegszeit, alle mit schönen, gepflegten Gärten und großzügigen Grundstücken. Aber ihre Erkundigungen verliefen ergebnislos. Alles sah danach aus, als würde Winter keine Kontakte pflegen.
„Dann eben noch zur Penthouse-Wohnung“, bemerkte

Bernd Schuchert. „Mal sehen, was wir dort finden. Vielleicht ist ja auch seine Lebensgefährtin anwesend und kann uns Aufschluss geben.“

„Ist ja ein Katzensprung von hier aus, wir könnten fast zu Fuß laufen!“, erwiderte Petra, stieg dann aber doch in den Dienstwagen, als ihr der Kollege bereitwillig die Beifahrertür aufhielt.

„Ne, das glaube ich jetzt nicht!“, rief Petra Lichtner wenige Momente später aus, als sie direkt hinter einem roten Mazda MX 5 vor dem Haus mit der Penthousewohnung anhielten.

„Nur kein Helmstedt-Kennzeichen, wie es die Zeugen beschrieben und sogar fotografiert haben!“, bemerkte ihr Kollege nach einem raschen Blick.

„Stimmt, aber das muss ja nichts zu bedeuten haben!“

Anstelle einer Antwort hatte sich Bernd Schuchert schon in die Hocke gesetzt und kratzte mit den Fingernägeln die Plastikkappen von den Schrauben.

„Ha!“, rief er triumphierend. „Die Dinger sind jedenfalls nicht so alt wie der Wagen selbst!“

Auch Petra beugte sich vor und erkannte die noch

glänzenden Schrauben, mit denen das Kennzeichen an der Halterung festgeschraubt war.

„Und schau mal hier auf die Motorhaube und die Stoßstange, Petra. Wenn das nicht Stellen sind, die jemand sehr gründlich mit einer Maschine poliert hat!“

Der Kommissar hatte sich aufgerichtet und musterte die Fassade.

„Dann wollen wir doch mal sehen, was uns hier erwartet!“

„Ich hoffe jedenfalls, keine weitere Leiche im verwesten Zustand!“, antwortete Petra.

Es gab insgesamt vier Parteien mit Klingelknöpfen, darüber befand sich ein weiterer ohne Namensschild. Ohne zu zögern, drückte Bernd nachdenklich darauf und wartete ab.

Über den Lautsprecher kam nach kurzer Zeit eine verzerrte Frauenstimme:

„Legen Sie die Post unten ab, ich kann gerade nicht öffnen!“

„Polizei, bitte öffnen Sie!“, erwiderte Bernd gelassen.

„Polizei? Um Gottes willen, einen Moment – was ist

passiert?“

Aber Bernd antwortete nicht, legte die Hand auf den Türgriff und wartete darauf, dass das Summen erklang. Doch die nächsten Minuten verstrichen, ohne dass etwas geschah.

„Da ist was faul, Petra! Warte hier, ich sehe mal auf der Rückseite nach!“

Doch Bernd Schuchert kam zu spät.

Das Haus verfügte über eine Tiefgarage, deren Zufahrt sich auf der Rückseite befand. Eben erreichte er die Hausecke, als ein Porsche Taycan Sport Tourismo mit aufheulendem Motor die Rampe heraufschoss. Bernd Schuchert zuckte instinktiv zurück und hatte gleich darauf das Nachsehen. Der Porsche verschwand um die Hausecke auf die angrenzende Straße, beschleunigte und war verschwunden, ehe der Kommissar halbwegs zur Besinnung kam. Aber er hatte das Kennzeichen erkannt und wusste, dass es sich um das Eigentum von Noah Winter handelte.

Während er zum Eingang zurückkehrte, telefonierte er bereits und löste eine Großfahndung nach dem auffälligen Fahrzeug aus. Seine Kollegin hatte einen Fuß in der Haustür, die ihr von einem der anderen Bewohner geöffnet wurde. Als sie den Fahrstuhl aus der Tiefgarage hochgeholt hatten und zur Penthouse-Wohnung fuhren, hörten sie, wie eine Tür unter ihnen klappte und gleich darauf jemand die Treppe hinauflief.

Petra hatte schon ihren Ausweis in der Hand, und der große, sportlich durchtrainierte junge Mann, der mühelos immer zwei Stufen auf einmal genommen hatte, betrachtete ihn sich sehr genau.

„Was ist passiert?“, erkundigte er sich dann.

„Wir wollten eigentlich nur zu Herrn Winter. Aber offenbar hat seine Lebensgefährtin da etwas missverstanden. Während wir unten an der Haustür warteten, zog sie es vor, mit seinem Porsche zu fliehen.“

„Die Elvie? Sie meinen Elvira Nehrlich, die mit Winter dort oben die meiste Zeit im Monat lebte?“, erkundigte sich der Hausbewohner erstaunt. „Ich weiß nicht, ob die überhaupt einen Führerschein hat. Jedenfalls habe ich noch nie gesehen, dass sie mit einem

Auto gefahren ist.“
„Gehört ihr nicht der rote Mazda MX 5 unten vor dem Haus?“, antwortete Bernd Schuchert, und der junge Mann lachte fröhlich auf.
„Nicht mehr, Herr Kommissar, das ist mein Eigentum seit gut zwei Jahren, gehegt und gepflegt und gerade erst nach meiner Rückkehr aus der Tiefgarage herausgeholt. Wenn ich nicht heute Vormittag zum Training gefahren wäre, stünde mein Oldie noch dort unten.“
„Können wir uns bei Ihnen weiter unterhalten, Herr…
“
„Zielinsky, Elias Zielinsky. Mir gehört die Wohnung gleich hier drunter auf der rechten Seite. Aber klar, kommen Sie doch zu mir herein. Wenn Sie allerdings etwas zu trinken haben wollen – ich kann Ihnen nur Wasser aus dem Sprudler anbieten oder einen Kaffee machen, mehr habe ich nicht im Haus. Einkaufen wollte ich nachher, ich war auf Reisen.“
„Danke, Wasser würde uns vollkommen ausreichen. Sie waren verreist – und wo waren Sie, wenn ich fragen darf?“, erwiderte Bernd Schuchert.

„Dürfen Sie, das ist kein Geheimnis. Ich habe eine Motorradtour durch Frankreich und Spanien gemacht. Das liebe ich, und meinen roten Oldie schone ich da lieber. Nicht, dass ich ihm solche Touren nicht mehr zutrauen würde – aber neben dem Cabriofahren ist das Motorradfahren meine Leidenschaft."

„Und der Mazda stand während der gesamten Zeit in der Tiefgarage?"

„Ja, das ist der Fall, Herr Kommissar, ich lasse dann aber auch immer meinen Schlüssel stecken. Den Oldie klaut eh keiner mehr! Hat Noah früher auch so gemacht, und als ich ihn von ihm übernahm, habe ich keinen Anlass gehabt, das zu ändern."

Bernd Schuchert blickte ihn erstaunt an.

„Sie verreisen über Wochen und lassen den Autoschlüssel stecken?"

Zielinsky lachte fröhlich.

„Ja, Herr Kommissar, das mache ich tatsächlich seitdem ich ihn habe. Eigentlich kommt ja auch niemand von außerhalb in die Tiefgarage. Die Toröffnung erfolgt über einen kleinen Handsender, wer in diesem

Haus ein- und ausgeht, wird dabei erfasst durch die Sprechanlage – also, wenn Sie mich fragen, gibt es da keinerlei Probleme.“ - Bernd schwieg und tauschte nur einen raschen Blick mit seiner Kollegin aus.

„Tja, zumindest – ungewöhnlich. Wann haben Sie denn den Besitzer der Penthouse-Wohnung zuletzt gesehen?“

„Noah Winter? Das war lange vor meinem Urlaub. Ich schätze mal, das muss in der großen Hitzeperiode gewesen sein, also nach meiner Erinnerung im August“, antwortete Zielinsky spontan.

„Danach nicht mehr? Sind Sie sicher?“

Elias Zielinsky strich sich über das Kopfhaar, schien nachzudenken, dann zuckte er mit den Schultern.

„Ja, da bin ich mir ziemlich sicher – warum fragen Sie?“

„Routine, Herr Zielinsky. Und Sie sind sich auch sicher, dass seine … Lebens-gefährtin, diese Elvie, keinen Führerschein besitzt?“

Zielinsky sah den Kommissar mit einem seltsamen Gesichtsausdruck an. Dann besann er sich offenbar

auf die Frage, und antwortete lächelnd:
„Das habe ich nicht behauptet. Ich bin nur im Zweifel, weil ich diese Dame nie am Steuer gesehen habe. Um der Wahrheit die Ehre zu geben, Herr Kommissar: sie könnte sogar einen LKW-Führerschein besitzen, ohne dass ich das jemals bemerkt habe. Ich meine, dieses Paar hielt sich weitgehend zurück. Nie wurde es dort über mir laut in der Wohnung, nie gab es Besucher. Nur die beiden lebten dort und hatten wohl ihr Vergnügen."
„Vergnügen?"
Jetzt wurde Elias Zielinsky doch etwas nervös. Er knetete seine Hände und rang offensichtlich nach einer befriedigenden Antwort. Schließlich gab er mit gepresster Stimme von sich:
„Hören Sie, Herr Kommissar, ich will nichts Schlechtes über die beiden sagen. Aber wenn sie nach Hause kamen, quietschten gleich darauf die Bettfedern ziemlich unangenehm. Das kann ich leider in meinem Wohnzimmer deutlich hören, weil die Wohnung anders aufgeteilt ist und sich das Schlafzimmer

unangenehmerweise direkt hier drüber befindet. Und ja – die beiden trieben es ziemlich heftig und sehr oft."
Bernd betrachtete sein Gegenüber schweigend, und Zielinsky bemühte sich, seine Worte abzumildern.
„Also, wie gesagt – ruhige Mitbewohner, keine Partys, keine laute Fernseh- oder Radiomusik, aber in dieser Sache – ratzfatz, Tür zu, und ab ging es."
„Gut, Herr Zielinsky, vielen Dank. Hier ist meine Karte, falls Ihnen noch etwas einfällt, das Ihnen vielleicht nicht so wichtig erscheint – rufen Sie mich an. Jede noch so kleine Information kann uns in diesem Fall weiterbringen. Allerdings können wir Ihnen nicht ersparen, dass Ihr Wagen von der Spurensicherung untersucht wird. Ich darf Sie bitten, mir sämtliche Schlüssel auszuhändigen, der Mazda wird sicher in der nächsten Stunde abgeholt."
Zielinsky starrte den Kommissar an.
„Abgeholt? Aber wieso – ich meine…"
„Wir müssen das Fahrzeug auf Unfallspuren untersuchen. Wir gehen davon aus, dass man Ihre Abwesenheit genutzt hat und mit dem Wagen einen schweren

Unfall verursacht hat."
„Das… das ist doch gar nicht denkbar!", stammelte Zielinsky. - „Leider doch. Die Schlüssel bitte."
Einen Moment zögerte sein Gegenüber, dann griff er in die Tasche und zog den Autoschlüssel heraus.
„Weitere Schlüssel?"
„Hier drüben, an der Tür. Aber ist das wirklich erforderlich – ich meine…"
„Ja, Sie möchten sich doch sicher selbst gern vom Verdacht einer Unfallflucht befreit wissen, oder?"
„Aber ich war doch bis gestern Nacht noch mit dem Motorrad unterwegs!"
„Gut, aber dann war jemand unbefugt mit dem Wagen unterwegs."
Bernd hatte sich erhoben, und auch seine schweigsame Kollegin stand auf.
„Ja, aber… ich meine – was wird denn nun aus der Wohnung und dem Porsche und so weiter – es wird doch sicher jemand geben, der Anspruch erhebt?", erkundigte sich Elias Zielinsky besorgt.
„Der Porsche ist derzeit ohnehin nicht in der

Tiefgarage, und alles andere wird sich finden. Danke für das freundliche Gespräch, wir werden sicher noch einmal die eine oder andere Frage haben“, antwortete Bernd Schuchert und streckte Zielinsky die Hand entgegen. „Noch einen schönen restlichen Tag. Und warten Sie bitte die Ankunft der Kollegen ab, die den Mazda holen.“

Damit verließen die beiden Beamten die Wohnung und gingen wieder nach oben, um das Team abzuwarten, das nun auch diese Wohnung gründlich durchsuchen würde, während die Fahndung nach dem Porsche auf Hochtouren lief.

Doch weder an diesem Tag noch in der Nacht oder am folgenden Tag wurde das auffällige Fahrzeug gesichtet. Die Kriminalpolizei tappte vollkommen im Dunklen.

8.

Die kräftigen LED-Scheinwerfer erfassten die

mächtige Balkendecke.
Weitere Leuchter ließen den Kellerraum der Kemenate in fast tageslichthellem Licht bis in den letzten Winkel strahlen. In der Mitte des Raumes stand Friedrich Krone und sprach seinen Text in eine Kamera. Weitere Kameras liefen gleichzeitig und zeichneten Bilder der Wände und der uralten Deckenbalken auf.
Dann erklärte Krone seinen Zuschauern in direkter Aufnahme vor der Kamera:
„Liebe Zuschauer, gerade habe ich Ihnen noch vom Schicksal des Seemannes Caspar Busch und seiner späteren Ehefrau Otilia Kreutzkamp berichtet. Busch gilt als derjenige Braunschweiger, der dem englischen General George Monck, 1. Duke of Albemarle, einst das Mumme-Rezept verschafft hat. Schon im Jahre 1670 gab es dann auch prompt ein Einfuhrverbot für die Braunschweiger Mumme. Nun werden Sie sich fragen, was dieses finstere Kellergemach damit zu tun hat."
Krone schwieg, und die Kamera nahm den gut mit den LED-Scheinwerfern ausgeleuchteten Fußboden auf.

Dann gab es erneut eine andere Einstellung, die den Stadtführer Friedrich Krone zwischen den beiden mächtigen Stützbalken der Decke zeigte.
„Diese Kemenate stammt bereits aus dem Jahr 1274. Zur Zeit des Rezeptverrates existierte das Gemäuer also schon rund 400 Jahre. Die Eichenbalken tragen noch immer die Decke und scheinen wirklich noch die nächsten Jahrhunderte zu überstehen. Eben schwenkte die Kamera über den Boden, der im Laufe der Zeit immer einmal verändert wurde, ebenso wie auch die Wände, wie hier drüben zu sehen. Hier gab es einmal eine weitere Türöffnung, die noch gut zu erkennen ist.“
Unvermittelt sah Krone wieder direkt in die Kamera.
„Ist das nicht auch ein wenig gruselig, so ein altes, dunkles Gemäuer? Ich finde, das ist doch geradezu prädestiniert, um hier unten….“ Pause, erneuter Schwenk einer Kamera auf den Boden, dann sprach Krone weiter: „… jemand für immer und ewig verschwinden zu lassen.“
Jetzt wurden die Kameras neu ausgerichtet, Krone

erhielt von Jens Grothe ein Handzeichen und stand nun vor einer Steinwand. Mit der Hand fuhr er die kaum sichtbaren Konturen nach, die auf eine später zugemauerte Öffnung deuteten.

„Vielleicht wurde ja hier jemand eingemauert, an den sich niemand mehr erinnert?“

Hauptkamera wieder auf sein Gesicht ausgerichtet, und mit einem Schmunzeln erzählte Krone seine Geschichte weiter.

„Es ist nämlich sehr seltsam, dass die frühere Magd Otilia, verheiratete Busch, geborene Kreutzkamp, im Jahr 1672 als Witwe in das Stift von Gandersheim eintritt und aufgrund ihrer großen Kunstfertigkeit von Prinzessin Henriette Christine von Braunschweig-Wolfenbüttel gefördert und mehrfach in Schriften erwähnt wird. Otilia soll sehr kunstvolle Altardecken bestickt haben. Aber noch erstaunlicher ist die Tatsache, dass sie als sehr vermögende Witwe in das Stift kam und ihr gesamtes Vermögen dem Stift überließ. Ja – und da fragt man sich doch, wie eine einfache Magd an ein so bemerkenswertes Vermögen gelangen konnte, dass ihre Schenkung in den Chroniken des Stiftes vermerkt wurde. Ja, gewiss, ihr verstorbener Gatte, der ehemalige Seemann Caspar Busch, kehrte von seiner letzten Seereise als vermögender Mann zurück. Und wir wissen von dem Treffen mit General Monck. So sehr ich nun dem Schicksal dieses Seemannes nachgeforscht habe – ich fand nur einen einzigen Eintrag in einem Kassenbuch der Neustadt. Hier wurde vermerkt, dass der Büttel der Neustadt 2 Silberlinge für das Einfangen einer Witwe erhielt, die gerade dabei war, die Stadt heimlich und in der Nacht zu verlassen – und das mit einem Handkarren, auf dem sich ein Kleiderbündel und etwas Proviant befand.

Nun? Warum ist denn *‚Henkers Hetzbruder'*, wie man die Büttel oft nannte, hinter einer Witwe her? An einer anderen Stelle findet sich dann der Name der Witwe, nämlich Otilia Busch. Sie hat eine ungewöhnlich hohe Geldstrafe an den Rat der Neustadt gezahlt und musste jetzt Braunschweig verlassen – und da frage ich mich doch, was ist da geschehen?"

Noch einmal fuhr die Kamera über die Steinmauer und

schwenkte über den Fußboden, bevor Friedrich Krone wieder im Bild erschien und lächelnd fortfuhr:

„Ob die Otilia Busch, geborene Kreutzkamp, wohl ihren Caspar umgebracht und im Keller ihrer Kemenate eingemauert hat? Nein, keine Sorge, liebe Zuschauer, nicht hier in der Kemenate in der Heydenstraße, wo heute die Volkshochschule eine Niederlassung hat. Caspar und Otilia Busch wohnten ja nicht hier, in der Altstadt, sondern in der Neustadt."

„Sehr gut, Fritz!", bemerkte Jens Grothe, als er die Kameras abschaltete.

„Und an dieser Stelle fügst du bitte später die Bilder ein, die ich dir schon gemailt habe – also das Fachwerkhaus, die historische Abbildung vom Neustadtrathaus, sowie die Bilder vom Henker und die weiteren, die ich in der richtigen Reihenfolge nummeriert habe."

„Eine sehr interessante Geschichte um das Mumme-Rezept!", bemerkte Grothe, während sie schon wieder mit dem Abbau der Leuchten begannen.

„Ja, dabei gab es natürlich nicht *das* Mumme-Rezept",

erwiderte Krone. „Es gab sehr viele Varianten vom Mumme-Bier. Grundsätzlich nannte man das Bier aus Braunschweig so, unabhängig, ob es ein helles oder ein dunkles Bier war. Ein sogenanntes Weißbier wurde im 16. Jahrhundert erwähnt und ist keineswegs ein Weizenbier unserer Zeit, sondern einfach nur ein helles Bier."

9.

„Wir haben den Porsche, Scheffe!", verkündete Petra Lichtner, als Faust das Büro betrat. Der Kriminalrat hatte noch einmal Rücksprache mit verschiedenen Abteilungen genommen und erhielt nun die Mitteilung in der üblichen Art der Kommissarin. „Er steht auf einem Parkplatz am Flughafen Hannover, und das lässt ja nun einige Rückschlüsse zu. Allerdings hat eine Überprüfung der Kameras und der Abfertigungsschalter noch keinen Hinweis auf Elvira Nehrlich ergeben."

„Abgleich mit dem Foto aus dem Haus von Winter wurde gemacht?"

„Läuft noch durch die Bilderkennung, aber bereits zum zweiten Mal. Bernd war der Meinung, dass sie ihr Äußeres nur leicht verändert haben könnte, wenn sie ein Flugzeug benutzen will. Vielleicht nur eine andere Haarfarbe und eine große Sonnenbrille oder etwas in der Art."

„Gut, dann bitte doch mal die Kollegen zu einer Dienstbesprechung um 15.00 Uhr in mein Büro zu kommen. Ein paar Dinge haben sich bei mir auch ergeben."

Die Einzelheiten erklärte Kriminalrat Dr Thomas Faust seinem Team dann in der Besprechung.

„Also – wir wissen, dass auf das Klingeln bei der gemeinsam bewohnten Penthouse-Wohnung, auf die Noah Winter als Eigentümer eingetragen ist, eine Frauenstimme über die Rufanlage reagierte. Aller Wahrscheinlichkeit nach seine Lebensgefährtin Elvira Nehrlich, genannt Elvie. Als die Kollegen Petra Lichtner und Bernd Schuchert sich als Polizisten meldeten, flüchtete die Frau im Porsche, der auf einem Parkplatz am Flughafen Hannover sichergestellt wurde. Auch er gehört zweifelsfrei Winter. Die Person, die den Wagen dort abgestellt hat, konnte nicht identifiziert werden. Auch bei den Schaltern der Fluggesellschaften gab es keine Elvira Nehrlich. Inzwischen steht es nach dem Obduktionsbericht der KTI einwandfrei fest, dass der Tote, den Petra und Bernd im Haus von Winter entdeckt haben, Winter selbst ist. Er wurde vor etwa vier Wochen – der genaue Zeitpunkt lässt sich nicht mehr eindeutig feststellen – in seinem Haus durch heftige Schläge mit einem rohrartigen Gegenstand getötet."

Petra Lichtner hob die Hand und erkundigte sich: „Können wir davon ausgehen, dass es sich um die gleiche Tatwaffe handelt wie im Fall der Katrin Konrath?"

Faust schüttelte den Kopf.

„Nein, können wir nicht, bestenfalls handelt es sich um eine ähnliche Tatwaffe. Aber der Gerichtsmediziner meinte, es könne durchaus ebenfalls eine Stange einer Hantel sein. Man hat verschiedene Hanteln und andere Geräte im Fitnessraum im Keller gefunden, die

Tatwaffe könnte von dort stammen, zumal einige Gewichte sich zuordnen lassen."
„Da Noah Winter ja vor der Konrath ermordet wurde, könnte es sich aber doch um die gleiche Hantelstange handeln, oder?", warf Heiko Schubert etwas schüchtern ein.
„Das wäre eine mögliche Schlussfolgerung, Heiko. Aber daraus zu konstruieren, dass Jan Konrath erst Noah Winter erschlug und einige Wochen später seine Ehefrau auf gleiche Weise umbrachte, halte ich zum derzeitigen Zeitpunkt für sehr gewagt", erwiderte der Kriminalrat.
„Schon, aber wir müssen ja auch berücksichtigen, dass sich Winter und Konrath kannten, sehr gut kannten, und geschäftlich und wohl privat miteinander zu tun hatten."
„Jan Konrath, der Doppelmörder, der selbst gezielt durch einen Sportwagen überfahren wurde, kurz nachdem er vermutlich seine Ehefrau erschlagen hat. Der zweite, anwesende Mann, dessen Identität wir noch nicht kennen. Konrath, einer von drei Investoren, die

bei dem Baugebiet Braunschweig-Ost klotzen wollten und dabei kräftig auf die Nase fielen“, fasste Bernd Schuchert zusammen.

„Mich würde zunächst mal interessieren, welche Rolle die Frauen in dieser Geschichte spielten“, bemerkte der Kriminalrat nachdenklich. „Da ist zunächst Katrin Konrath, die erschlagen wurde, kurz bevor ihr Mann selbst Opfer eines Autoanschlages wurde. Dann diese Elvira Nehrlich, Freundin des ebenfalls ermordeten Noah Winter. Und vermutlich auf der Flucht. Habe ich noch jemand übersehen? Ach ja, was ist mit den Fotos aus der Wohnung von Konrath?“

Petra Lichtner meldete sich zu Wort.

„Wir haben alle in der Wohnung aufgefunden Fotos durch den Computer gejagt. Zweimal wurden wir dabei mit Erfolg belohnt.“ Sie legte die beiden Ausdrucke auf den Schreibtisch, und Thomas Faust bewunderte den Geschmack des Finanzmaklers. Beide Frauen wirkten ausgesprochen elegant auf ihren Abbildungen, die beide vor demselben Hintergrund entstanden waren.

„Shopping in den Schloss-Arkaden!“, bemerkte der Kriminalrat dazu. „Wie ausgesprochen originell! Was hat uns der Computer zu diesen Damen verraten?“
Petra tippte auf das erste Foto.
„Catharine Turcanu, stammt aus Moldawien, mehrfach beim Ladendiebstahl erwischt, keine Aufenthaltsgenehmigung, Adresse unbekannt. Dies ist Delia Rotaru, ebenfalls aus Moldawien, erwischt beim Geldkartenbetrug, vorbestraft, keine Aufenthaltsgenehmigung, Adresse unbekannt.“
Dr Thomas Faust stieß einen leisen Pfiff aus.
„Zwei äußerst attraktive Damen, beide aus Moldawien, beide bei Straftaten erwischt – und möglicherweise noch immer in unserer Stadt. Was haben wir noch von den beiden?“
„Nur wenig Informationen, Scheffe, die wichtigsten Daten, die bei der ersten Einreise erfasst wurden. Mehr könnte ich nur über die Kollegen der zuständigen Behörde erfahren. Soweit ich aber weiß, waren von beiden Anträge gestellt worden, weil sie ihre Studien in Braunschweig fortsetzen wollten.“

„Studien? Also, ich möchte ja niemand etwas unterstellen, aber für mich sehen diese Damen nun wirklich nicht nach Studentinnen aus“, bemerkte der Kriminalrat.

Es war Petra Lichtner, die ihrem Chef half.

„Wir sind schließlich unter uns, Scheffe, und da muss ich dir zustimmen. Für einen teuren Escort-Service wären die beiden geeignete Kandidatinnen, aber ein Studium bezweifle ich auch. Nein, diese beiden sehen ganz danach aus, als würden sie das Leben studieren. Aber ich frage an der TU und bei der Ostfalia nach, ob sie sich dort eingeschrieben haben.“

„Wir sollten nach den beiden Frauen fahnden lassen. Schließlich kann eine von beiden in der Wohnung gewesen sein, anstatt dieser Elvira Nehrlich, und mit dem Porsche geflüchtet sein“, gab Bernd Schuchert zu bedenken.

„Gut, Bernd, dann übernimm das bitte und informiere alle Kollegen. Ich bin skeptisch, ob wir da Erfolg haben werden. Vielleicht bittest du auch die Kollegen in Hannover, sich noch einmal die Parkplatzvideos

anzusehen und mit diesen Fotos zu vergleichen."
„Mache ich sofort. Ich werde aber auch mal beim Management in den Schloss-Arkaden nachfragen, um eine der Damen vielleicht auffällig wurde bei einem ihrer Einkäufe."

10.

Bruno Saalfeld hatte ein Problem.
Nicht, dass es etwas mit seiner Stadtführertätigkeit zu tun hatte. Der 73 jährige, untersetzte und korpulente Mann mit dem schneeweißen Bart musste sich umstellen. Jede Änderung seiner liebgewordenen Gewohnheit missfiel ihm, aber in diesem Falle war er zu Ausnahmen bereit.
Schuld daran war seine Bekannte. Friederike Campe, Aufsicht in der Burg Dankwarderode mit außergewöhnlichem Wissen zur Stadtgeschichte. Sie hatten sich kürzlich erst kennen gelernt und gemeinsam ein Bier getrunken (vgl. *Mord auf dem Kohlmarkt*).

Als Saalfeld sie das nächste Mal wieder traf, hatte er seine Touristengruppe zum Original des Braunschweiger Löwen geführt und beim Hinausgehen dann von der Campe ein freundliches „Bis bald mal wieder!" zugerufen bekommen.
Das verblüffte ihn, denn er hatte nicht angenommen, dass die Campe noch Wert darauf legte, sich erneut mit ihm zu einem Bier zu verabreden. Aber der Gedanke beschäftigte ihn während des gesamten Rückweges nach dem Verabschieden der Gruppe auf dem Altstadtmarkt.
Fast unwillkürlich lenkte er seine Schritte zur Burg zurück, traf Friederike Campe zusammen mit ihrem Kollegen Karsten Müller rauchend vor dem Burgeingang und nickte ihr fröhlich zu. Dabei musterte er sie rasch von Kopf bis Fuß. Die Campe war stämmig, wenn auch gegen Bruno Saalfeld eher noch schmal. Ihre Haare trug sie kurzgeschnitten und dunkel gefärbt, das erkannte er sofort am Scheitel. Gekleidet war sie unauffällig, in dunkler Hose und passendem Jackett, wie alle Aufseher. Und sie bemerkte sofort, wie der

Stadtführer sie musterte, grinste herausfordernd, drückte den Zigarettenrest in den Aschenbecher, den sich die beiden Aufseher teilten, und trat einen Schritt auf Saalfeld zu. Er roch ihren Zigarettendunst – etwas, was ihm überhaupt nicht behagte.

„Na, Musterung beendet? Und Lust auf ein Getränk nach Feierabend? Diesmal aber kein Bier bei Schadt, sondern lieber einen Schoppen Wein. Bist du dabei, Bruno?"

Der Stadtführer zuckte zusammen.

‚Waren wir denn beim ‚Du'?', überlegte er blitzschnell, beantwortete die Frage dann aber für sich. Schließlich duzte er sich mit den anderen Aufsehern ebenso wie mit den meisten Stadtführern. Er räusperte sich kurz und antwortete: „Klar, warum nicht? Soll ich um halb Fünf hier sein?"

„Ich mache um 16 Uhr Feierabend."

„Gut, ich bin da. Warum nicht auch mal ein Weinchen?"

Das Grinsen, das ihm antwortete, und seine eigene, blöde Bemerkung ärgerte Bruno Saalfeld. Aber er

würde Wort halten.
Als er um 16.00 Uhr pünktlich am Eingang der Burg Dankwarderode stand, machte er sich überhaupt keinerlei Gedanken über diese Aufforderung, ein Glas Wein mit Friederike Campe zu trinken. Sie suchten ein Lokal in der Innenstadt auf, wo es auch ein paar Kleinigkeiten zu essen gab, und er überließ der Campe die Bestellung.
Wider Erwarten schmeckte ihm der Wein, und es wurde ein sehr unterhaltsamer Lokalbesuch, der schließlich bis in die Abendstunden dauerte, unterbrochen von einem guten Essen und dem einen oder anderen Schoppen Wein.
Das war der Anfang einer neuen Beziehung, und nun trafen sie sich zweimal die Woche, suchten verschiedene Lokale auf, aßen und tranken und plauderten dabei über Gott und die Welt.
Und nun hatte Bruno Saalfeld ein Problem.
Das war nicht nur der Wein, sondern vor allem die Campe.
In seinem Alter hätte er nie angenommen, noch einmal

mit einer Frau zusammen zu sein. Aber Friederike zeigte ihm schließlich auf beeindruckende Weise, zu welchen Leistungen sie ihn anregen konnte, und Bruno lebte buchstäblich auf. Nein, er machte sich klar, dass er weder verliebt war noch etwa eine Lebensgemeinschaft eingehen wollte. Essen, Trinken, dabei quatschen und ab und zu – naja, ein wenig Spaß durfte sein. Mehr nicht. Das hatte er sich geschworen. Heute saßen die beiden bei einem milden Spätsommertag vor einem Lokal im Magni-Viertel und hatten gerade jeder eine Portion Mumme-Braten verzehrt, als Bruno zufällig einen Blick auf ein vorbeischlenderndes Pärchen warf und erstarrte. Die junge Frau war auffallend attraktiv und trug ein leichtes, elegantes Sommerkostüm. Sie hielt mit dem ebenfalls gut gekleideten Mitfünfziger Händchen, während sie die Speisekarte betrachteten. Dabei standen sie keine zwei Meter vom Tisch der beiden entfernt. Bruno hörte, wie die Frau mit einem etwas harten Dialekt sagte:

„Och nein, ich möchte eigentlich nichts essen. Lass uns doch einfach gegenüber etwas trinken, Holger.“

Der Mann brummte etwas, schien aber einzuwilligen und lenkte hinüber zu dem anderen Lokal.

„Was ist mir dir los, Bruno? Fährst du auf die Frau ab, dass du deinen Blick gar nicht abwenden kannst?“ Friedrike Campe zündete sich eine Zigarette an, blies den Rauch nach oben und schlug die kurzen, stämmigen Beine übereinander. Sie hatte noch immer eine dunkle Hose an, die zu ihrer Dienstkleidung gehörte, trug aber zur weißen Bluse jetzt eine leichte Strickjacke. Auch wenn die Temperaturen heute fast wieder sommerlich waren, so kühlte es doch gegen Abend stark ab.

„Das … das ist eine von denen!“, stotterte Bruno nur.

„Wie, von denen? Eine Bekannte von dir? Hätte ich dir gar nicht zugetraut – obwohl, man weiß ja, dass die osteuropäischen Frauen sehr aufgeschlossen gegenüber älteren Herren sind. Wenn ich da so im Bekanntenkreis…“

„Unsinn!“, schnitt ihr Bruno kurz das Wort ab. „Die da drüben wird von der Polizei gesucht!“

Die Campe lachte laut auf.

„Bruno, du spinnst doch! Wie kommst du denn auf so eine Schnapsidee?“ - Aber Bruno Saalfeld ließ sich nicht beirren.
„Ich weiß, wovon ich rede, Friederike. Erst vor ein paar Tagen veröffentlichte die Polizei zwei Fotos von Frauen, die im Zusammenhang mit den Morden an diesen Immobilienheinis gesucht werden.“
„Und du glaubst, dass die Frau da drüben ausgerechnet durch das Magni-Viertel spaziert, um von dir entdeckt zu werden?“
Saalfeld antwortete nicht, sondern zog sein Handy aus der Hosentasche und suchte im Telefonregister nach einer Nummer. Dabei zerdrückte er einen Fluch zwischen den Zähnen, denn er hatte natürlich nur die Dienststelle in der Friedrich-Voigtländer-Straße, und keine Durchwahl. Aber als sich gleich darauf eine Stimme bei ihm meldete, beugte er sich leicht vor und sprach leise: „Es geht um die Morde an dem Ehepaar Konrath und diesem Winter. Können Sie mich mit Kriminalrat Dr Faust verbinden? Wie? Nicht mehr im Haus? Aber es ist sehr wichtig, ich habe … ich habe

eine Tatverdächtige gesehen."

Auf die ruhigen, sachlichen Nachfragen antwortete Saalfeld hastig und drang darauf, dass doch so schnell wie möglich die Kripo hierher ins Magni kommen möge. Als er schließlich das Gespräch beendete, war er sichtlich nervös geworden und konnte den Blick nicht mehr von der Lokaltüre abwenden, hinter der das Paar verschwunden war. Doch so, wie sich der Stadtführer das vorgestellt hatte, klappte es in der Realität nicht.

Unvermutet rasch verließ das auffällige Paar das Lokal wieder, und Bruno stieß einen Fluch aus. „Das darf doch nicht wahr sein, die beiden gehen schon wieder!", bemerkte er und konnte kaum seine Stimme unterdrücken vor lauter Aufregung.

„Lass sie ziehen, Bruno, du liegst bestimmt falsch und ersparst dir so eine Menge Ärger."

„Was heißt, ich erspare mir Ärger? Ich habe die Polizei informiert, und jetzt kommt niemand."

Er war aufgestanden, und die Campe sah ihn verwundert an.

„Was hast du jetzt vor?“ - „Hinterher, was sonst?“
Er sah, dass das Paar in Richtung Städtisches Museum ging, als ihn der Ruf seiner Begleiterin aufhielt.
„Und was ist mit mir?“
„Keine Sorge, ich bin doch gleich wieder zurück! Ich will nur sehen, wohin sie gehen, damit ich der Polizei einen Hinweis geben kann!“
„Bruno, komm zurück, das ergibt doch keinen Sinn!“
Aber Saalfeld folgte dem Paar mit Abstand. Als er jedoch bemerkte, dass die beiden zum Löwenwall gingen und dort offenbar ihr Auto abgestellt hatten, verlangsamte er seine Schritte. Fast wollte er schon aufgeben, als das Paar in einer Hofeinfahrt verschwand. Das war seine Chance! Bruno Saalfeld beschleunigte seine Schritte und warf einen Blick über den Zaun. Zwischen den Häusern gab es einen schmalen Gang, in den jetzt kaum noch Licht fiel. Der alte Stadtführer zögerte noch, dann gab er sich einen Ruck, öffnete die Gartentür und eilte an der Häuserseite entlang. Gerade hatte er noch etwas Helles gesehen, das erneut um die Ecke bog und seinen Blicken entschwand.

Als er ebenfalls um die Hausecke bog, prallte er um ein Haar mit der Frau zusammen, die er erkannt hatte.
„Was wollen Sie?“, sagte sie mit eigentümlicher, harter Stimme.
„Ich wollte nur…“ Weiter kam Saalfeld nicht.
„Dir werde ich helfen, du Spanner, meine Verlobte zu belästigen!“, vernahm er eine tiefe Männerstimme dicht hinter sich. Dann traf ihn etwas sehr Hartes am Hinterkopf, und rasender Schmerz durchzuckte ihn. Bruno Saalfeld verlor den Halt, fuchtelte wild mit den Armen in der Luft herum und hörte noch, wie eine männliche Stimme dicht neben ihm sagte: „Los, weg hier, lauf schon zum Auto vor, ich warte noch, ob der Kerl sich wieder aufrappelt.“
Aber Saalfeld schlug gegen die Hauswand und brach gleich darauf in die Knie, bevor er nach vorn fiel und sich nicht mehr abstützen konnte. Die beiden, die ihn überrumpelt hatten, gingen mit raschen Schritten zu dem abgestellten Fahrzeug und verschwanden in Richtung Leonhardstraße.

11.

Der Streifenwagen kam vom Theater her und bog in den Steinweg ein.

Hier hielt er direkt hinter einer Reihe geparkter Fahrzeuge so an, dass die ersten drei nicht wegfahren konnten. Die Beamten stiegen aus und klopften gegen die Scheibe eines älteren BMW. Erstaunt blickte ihnen hier ein Mann Anfang der Vierzig entgegen. Er hatte eine halb abgebrannte Zigarette zwischen den Lippen, an der er eben noch einmal zog und sie dann in den Aschenbecher drückte. Anschließend setzte er seine Ohrhörer ab und legte ein Gerät auf den Fahrzeugboden, das er eben noch auf den Knien hatte.

„Ja, bitte?“, erkundigte er sich, als er das Seitenfenster heruntergelassen hatte.

„Allgemeine Fahrzeugkontrolle. Bitte die Kfz-Papiere und Ihren Ausweis“, bemerkte der ältere Polizist.

„Warum? Ich parke doch hier nur und bewege mein Fahrzeug nicht.“

„Richtig, aber dennoch überprüfen wir Sie jetzt!“, erwiderte der Beamte ruhig. - „Ich mache doch überhaupt nichts!“, erregte sich der Mann und deutete auf die schon neugierig herüberblickenden Passanten. „Kontrollieren Sie die auch?“

„Das war eine freundliche Bitte, die ich noch einmal wiederhole. Wir kontrollieren Sie, weil wir auf Sie aufmerksam gemacht wurden. Offenbar stehen Sie schon länger an dieser Stelle, wie die Umgebung mir zeigt. Nicht gerade ein Beitrag zur Ordnung.“

Der Polizist deutete auf einen kleinen Haufen von Zigarettenkippen, der unmittelbar vor der Fahrertür lag. Dann warf er einen bedeutsamen Blick auf den Beifahrersitz, der mit leeren Verpackungen eines Schnell-Imbisses und ein paar zusammen-geknüllten Papiertüten bedeckt war. Neben dem eben abgestellten Gerät lagen zwei geleerte Papierbecher sowie eine verformte Zigarettenschachtel.

„Ich wüsste zwar nicht, was das die Polizei angeht, aber bitte. Hier ist mein Führerschein, einen Ausweis habe ich im Handschuhfach. Darf ich den herausholen oder werde ich dann gleich verdächtigt, eine Waffe dort aufzubewahren?" - „Es wäre für uns alle einfacher, Sie steigen aus, geben mir den Führerschein und die Kfz-Zulassung. Während ich die Daten abgleiche, könnten Sie die Zeit nutzen und diese Kippen entfernen, die sicher von Ihnen stammen. Ein Abfallbehälter befindet sich dort an dem Masten."

Der Mann schien zu zögern, aber dann öffnete er die Wagentür, händigte seinen Führerschein aus, klappte seine Geldbörse auf und entnahm ihr die Ausweiskarte. Außerdem präsentierte er stolz eine weitere Karte, die auf den ersten Blick wie eine Kreditkarte aussah.

Neben dem Foto des Besitzers stand in goldenen, dick umrandeten Buchstaben das Wort ‚PRIVATDETEKTIV', darunter wesentlich kleiner der Name einer Firma, sowie eine Unterschrift und ein Stempel, der amtlich wirken sollte.

„Sie sind Privatdetektiv?", erkundigte sich der zweite Polizist, während sein Kollegen zum Fahrzeug ging und die Daten durchgab. „Dann vermute ich mal, Sie hören gerade illegal jemand ab?“

„Wieso illegal, Herr Kommissar?“, erwiderte der andere.

„Polizeiobermeister Bertram, Herr…“, kam die Antwort etwas weniger freundlich, denn Lutz Bertram konnte es nicht leiden, wenn jemand glaubte, mit den Dienstgraden sich lustig über ihn machen zu können.

„In Deutschland ist das Abhören nicht generell verboten, Herr Polizeiobermeister Bertram!“, antwortete nun der Privatdetektiv.

„Nein, aber es sieht für mich nicht danach aus, als hätten Sie sich zu diesem Zweck einen Trichter ans Ohr gehalten. Besitzen Sie eine Lizenz zum Abhören?“

„Ich bin berufsbedingt darauf angewiesen, die von mir beobachteten und überwachten Personen auch abzuhören“, antwortete der Detektiv gereizt.

„Ach, Herr Warncke!“, ließ sich der Polizist vernehmen, der eben vom Dienstfahrzeug mit den überprüften Papieren zurückkehrte. Er hatte die letzten Worte gehört und lächelte jetzt. „Kann es sein, dass Sie aufgrund verschiedener ähnlicher Vorfälle bereits in

Konflikt mit dem Gesetz geraten sind?"
Mit diesen Worten ging er an dem verblüfften Mann vorbei, öffnete die Beifahrertür und griff nach dem Gerät auf dem Wagenboden.
„Ich glaube, wir sollten uns einmal etwas ausführlicher unterhalten. Das muss aber nicht hier in der Öffentlichkeit geschehen!", sagte der Polizeihauptmeister und deutete mit dem Kopf auf die Passanten, die sich bereits um sie versammelt hatten. „Steigen Sie bitte zu uns ein, wir haben keinen weiten Weg."
„Hören Sie, Sie machen einen Fehler, Herr Polizeihauptmeister! Wenn Sie mich jetzt hier von meinem Posten gewissermaßen gewaltsam entfernen, könnte es sein, dass Ihnen ein Mörder durch die Lappen geht!" Offenbar hatte Warncke keine Probleme mehr mit der richtigen Erkennung der Dienstabzeichen, aber der so Angesprochene nickte nur lächelnd und deutete auf den Streifenwagen.
„Bitte, so hören Sie mir doch zu! Ja, ich weiß, dieses Gerät ist – sagen wir – zumindest umstritten. Aber es hilft mir bei meiner Arbeit, und damit letztlich auch

Ihnen!“

„Glaube ich sofort. Wenn ich nun bitten darf?“

Der Beamte deutete auf seinen Dienstwagen.

Jonas Warncke warf noch einen verzweifelten Blick zu den neugierigen Zuschauern, die ihn zumeist grinsend ansahen. Dann seufzte er tief, stieg in das Polizeifahrzeug und überlegte während der Fahrt fieberhaft, wie ausgerechnet ein Streifenwagen auf ihn gestoßen war und ihn inmitten seiner sehr vielversprechenden Ermittlungsarbeit gestört hatte.

Warncke war sich sehr sicher, dass er wichtige Details der Polizei nennen konnte.

Vielleicht war auf diese Weise eine Möglichkeit zu finden, ihm den Besitz des Abhörgerätes nicht anzulasten.

Aber diese vage Hoffnung sollte sich schon in den ersten Minuten des Gespräches in der Dienststelle zerschlagen. Der Privatdetektiv geriet in erhebliche Probleme, als er begann, von seinen Beobachtungen zu berichten.

12.

Als Jens Grothe, Olaf Schumann und Fritz Krone den Steinweg hinauffuhren und in Richtung Magni-Viertel zur Ehrenbrechtstraße abbogen, deutete Fritz auf den Streifenwagen, um den sich bereits zahlreiche Neugierige drängten.

„Was mag da passiert sein?“, überlegte Krone laut und bemerkte in diesem Augenblick den Mann im buntkarierten Hemd, der gerade in den Streifenwagen einstieg. „Ups, die Polizisten nehmen einen Privatdetektiv mit? Das könnte eine interessante Geschichte werden!“

„Nicht für uns!“, lachte Grothe. „Ostfalen-TV berichtet nicht über aktuelle Verhaftungen!“

„Schon klar, aber ich kenne diesen Kerl, Warncke heißt der. Erinnert Ihr Euch an den Mord an den zwei Prostituierten vor Jahren? Damals meldete sich dieser angebliche Detektiv und gab der Polizei Hinweise, die jedoch keinen Erfolg brachten. Die Medien berichteten groß darüber, und die wohl albernste Schlagzeile lautete: ‚Privatdetektiv ist der Polizei um Längen voraus!‘ Hat sich allerdings alles als Seifenblase entpuppt, die sehr schnell platzte.“

„Erzähl‘ doch mal mehr, Fritz, klingt interessant! Und du weißt doch, dass ich Kriminalfälle liebe, vor allem solche, die im sonst so liebenswerten Braunschweig spielen!“

Das Fahrzeug mit der umfangreichen Videoausrüstung des Ostfalen-Teams bog jetzt vom Magnitorwall in den Steintorwall ein und fand tatsächlich einen freien Parkplatz unmittelbar vor dem Städtischen Museum.

„Perfekt!“, bemerkte Jens Grothe, stellte den Motor ab und stieg aus.

„Du kannst uns ja die Story beim Auspacken erzählen, Fritz!“, bemerkte Olaf Schumann, der unbedingt mehr über den alten Fall erfahren wollte.

„Ja, nur ganz kurz, was ich noch in der Erinnerung habe. Die beiden ermordeten Frauen lebten in einem privaten Bordell in einem Mehrfamilienhaus in der Innenstadt. Dieser angebliche Detektiv hatte den

Auftrag, die Treue eines Ehemannes zu überprüfen. Seine Frau hatte ihn im Verdacht, dort Dauerkunde zu sein, weil sie mehrfach seinen Wagen dort gesehen hatte. Warncke gab dann der Polizei den Hinweis auf einen möglichen Täter, den er belauscht hatte."

„Belauscht? Wie jetzt – als Spanner an der Wohnungstür?", rief Olaf lachend.

„Fast. Er hatte tatsächlich ein Gerät dabei, mit dem er Gespräche in der Wohnung abhören konnte. Zwar war nicht der gesuchte Ehemann bei den später ermordeten Frauen, sondern der Vermieter der Wohnung. Und der machte den beiden gerade die Hölle heiß, nachdem er erfahren hatte, welchem Gewerbe sie in seiner Wohnung nachgingen."

„Ach, und den hat er der Polizei als möglichen Täter benannt?"

„Ja!", lachte Fritz Krone. „Aber glücklicherweise hatte der Mann ein sehr sicheres Alibi. Er konnte nachweisen, dass er zur Tatzeit im Flugzeug saß, das ihn gerade von seinem Griechenland-Urlaub zurück nach Hannover brachte. Das Alibi war bombenfest, er hatte

sogar noch das Ticket in seinem Portemonnaie, als man ihn zur Anhörung bat."
Die drei lachten fröhlich über den Detektiv und machten noch ihre Bemerkungen, als sie alle Geräte auf zwei Karren verladen hatten und nun zu einem der Fachwerkhäuser im Magni-Viertel gingen, um hier ein paar stimmungsvolle Bilder für den Mumme-Film einzufangen. Fritz Krone hatte die Idee, ein paar der alten Häuser zu filmen, um sie dann in die Story um Caspar Busch und Otilia Kreutzkamp einzubauen.
„Du erfindest jetzt aber keine neuen Fakten?", erkundigte sich Olaf, als sie die Kameras auf dem Stativ hatten und die Tür mit dem Ochsenjoch aufnahmen.
„Ich? Wofür hältst du mich, Olaf?", antwortete Krone lachend. „Nein, ich möchte den Zuschauern nur vermitteln, in welcher Zeit sich das alles abgespielt hat. Die wenigen Fachwerkhäuser, die uns der Krieg übriggelassen hat, müssen da schon gewisse Rollen übernehmen, damit unsere Mumme-Geschichte rund wird."
„Du bist der verantwortliche Redakteur!", warf Jens

ein und drohte ihm scherzhaft mit dem Zeigefinger.
„He, Freunde – sehe ich etwa so aus, als würde ich Fake-News verbreiten?“
Olaf Schumann und Jens Grothe wechselten einen raschen Blick.
Dann riefen beide lachend aus: „Oh ja, Fritz, danach siehst du aus!“

13.

Der Held der Medien, der angeblich der Polizei eine Nasenlänge voraus war, entpuppte sich als kleiner, aufgeblasener Angeber, dessen Detektivausweis so echt war wie seine Visitenkarten, die beide vom gleichen Drucker kamen. Allerdings hatte Warncke tatsächlich ein Gewerbe angemeldet, verfügte über ein winziges Büro in einer ansonsten leeren Ladenzeile in der Weststadt und bekam tatsächlich auch gelegentlich Aufträge, von denen er allerdings kaum die Miete zahlen konnte. Die erfolgreichsten Unternehmungen des

vergangenen Jahres waren die Wiederbeschaffung eines entlaufenen Hundes und eben der Nachweis, dass der verdächtige Ehemann keineswegs Kunde in einem Privatbordell war.
Doch das Honorar, das wenig später auf Warnckes Konto landete, verblüffte ihn selbst und übertraf seine kühnsten Erwartungen. Eigentlich bestätigte ihn das auch in seiner Meinung, in seinem selbstgewählten Beruf weiterzumachen. Und auch der zweite, offenbar ganz harmlose Überwachungsauftrag bescherte ihm erneut viel Geld. Das konnte der große Durchbruch werden, da war er sich noch sehr sicher gewesen. Angesichts der beiden Kriminalbeamten, die ihn nun heftig attackierten, schwand allerdings auch diese letzte Hoffnung.
Petra Lichtner warf einen verächtlichen Blick auf das Gerät, das vor ihr auf dem Schreibtisch lag.
„Hören Sie, Herr Warncke, es reicht mir. Lassen Sie die Spielchen und hören Sie auf, sich selbst als Vertreter des Rechtes zu sehen. Sie sind nichts weiter als ein kleiner, jämmerlicher, selbsternannter Privatdetektiv,

beherrschen noch nicht einmal die Grundlagen Ihres Berufes und wurden ertappt, wie Sie wieder einmal mit einem hochwertigen Gerät jemand belauschten. Diesmal wird es nicht mit einer Geldstrafe für Sie abgehen, das können Sie mir ruhig glauben!“

Jonas Warncke wirkte geknickt.

Er blickte zu dem anderen Kommissar, der bislang nur wenige Fragen gestellt hatte, und glaubte, bei einem Mann eher Verständnis zu finden.

„Bitte, Herr Kommissar, Sie müssen mir glauben, dass ich nur im Auftrag meiner Klienten handele und das Beste für sie will. Ich räume ja ein, dass mein Gerät nicht ganz … den Vorschriften entspricht. Aber Sie müssen auch bedenken, dass ich der Polizei damals helfen konnte! Und ich bin mir ziemlich sicher, dass ich es auch erneut kann, in dem Fall, in dem Sie aktuell ermitteln!“

„Das ist Unsinn, und das wissen Sie auch genau, Herr Warncke! Versuchen Sie nicht, sich ins rechte Licht zu rücken als Informant der hiesigen Polizei! Was Sie bislang gemacht haben, hat Ihnen neben viel Ärger auch eine empfindliche Geldstrafe eingebracht. Reicht Ihnen das nicht? Wollen Sie ins Gefängnis?"

Das war zu viel für Jonas Warncke. Er wollte aufspringen, besann sich aber im letzten Moment und streckte Petra Lichtner die offenen Hände entgegen.

„Aber, Frau Kommissarin! Sie waren damals ja nicht beteiligt und wissen vielleicht nicht, dass ich Ihren Kollegen wichtige Informationen über Jan Konrath und seine Frau Katrin gegeben habe! Deshalb können Sie mir doch nicht vorwerfen…"

„Was haben Sie gerade gesagt? Jan Konrath?"

Sofort reagierte Warncke.

Er hatte das Interesse dieser Polizistin, und witterte seine Chance.

„Ja, dieser Immobilienmakler, der jetzt ermordet wurde – war doch in allen Medien und sogar in der Tagesschau. Ich sehe noch die Überschrift: ‚Tod eines Immobilienhais' schrieb eine Zeitung, und eine Illustrierte brachte sogar einen mehrseitigen Bericht über die ‚Immobilienmafia von Braunschweig'!"

Petra Lichtner spürte ein eigentümliches Kribbeln in

ihrem Nacken. - „Moment mal, Herr Warncke, damit ich Sie richtig verstehe: Sie hatten damals im Auftrag von Katrin Konrath ermittelt, ob ihr Mann Jan sich mit Prostituierten in einem privaten Bordell traf?“

Jonas Warncke strahlte.

„Na, das sage ich doch! Ihre Kollegen hatten damals einen anderen Verdacht, aber ich konnte durch meine Abhörprotokolle beweisen, dass der Streit zwischen den Huren und ihrem Vermieter stattfand, nicht mit Jan Konrath.“

Es verhielt sich zwar ein wenig anders, als Warncke es hier schilderte, aber das sah der selbsternannte Detektiv nicht zu eng. Ihm kam es jetzt darauf an, sich ins rechte Licht zu setzen. Und das war ihm offensichtlich gelungen, denn die Kommissarin gab ihrem schweigsamen Kollegen ein Zeichen, und beide erhoben sich.

„Entschuldigen Sie uns bitte für einen Moment, Herr Warncke. Wir sind gleich wieder bei Ihnen!“, erklärte die Kommissarin.

„Plötzlich ergeben sich ganz andere Perspektiven für uns!“, sagte Bernd Schuchert, als die beiden ein leerstehendes Büro betraten. „Wer hätte jemals geglaubt, dass so eine Flachpiepe wie dieser Möchtegern-Detektiv Licht in unsere aktuellen Fälle bringt!"´

„Also, ich fasse zusammen", nahm Petra Lichtner das Wort. „Katrin Konrath verdächtigt ihren Mann Jan, fremdzugehen. Dabei ging es doch offenbar in ihrer Wohnung am Steinweg nicht sonderlich sittsam zu. Aber egal, sie hat seinen Wagen vor dem Wohnhaus gesehen, in dem sich ein privates Bordell befindet. Warncke bespitzelt ihn in ihrem Auftrag und belauscht einen heftigen Streit zwischen den beiden Frauen und nimmt an, dass Jan Konrath bei ihnen ist. Tatsächlich jedoch ging es bei dem Streit zwischen dem Vermieter und den beiden Prostituierten um deren Tätigkeit in der Wohnung. Als beide später ermordet werden, gerät durch die Aussage Warnckes der Vermieter – wie heißt der eigentlich? – unter Mordverdacht. Aber sein Alibi ist sicher, wurde überprüft und schließt eine Tatbeteiligung aus. Zumindest am Tag des vermutlichen Doppelmordes. Ach richtig, Holger Wahrendorf ist der Mann."

„So weit, so schlecht. Wen aber hat Warncke jetzt vor dem Haus abgehört, in dem Katrin und Jan Konrath eine Wohnung gemietet hatten?“, warf Bernd Schuchert ein.
„Das wissen wir noch nicht, Bernd. Aber die alte Dame, die uns über einen Mann informierte, der seit mehreren Tagen immer vor dem Haus anhielt und dort über Stunden in seinem Auto saß, kann uns da vielleicht auch weiterhelfen, sollte uns Jonas Warncke etwas vormachen. Hören wir uns weiter an, was er erzählt.“
Als die beiden Beamten in das Zimmer zurückkehrten, machte der Privatdetektiv einen ziemlich niedergeschlagenen Eindruck.
Er zeigte eine verzweifelte Miene, als er beim Eintreten der beiden seine Hände flach auf den kleinen Tisch legte. Bernd Schuchert entging nicht das Zittern der Finger, und als er ihm gegenüber wieder Platz genommen hatte, erkundigte er sich freundlich: „Herr Warncke, haben Sie ein Drogenproblem?“
„Was?“, schrie der Privatdetektiv erschrocken auf.

„Ich und Drogen? Natürlich nicht. Aber ich habe leichte Probleme in geschlossenen Räumen. Ich fühle mich beengt und bekomme keine Luft mehr.“

„Möchten Sie einen Kaffee?“, erkundigte sich die Kommissarin.

„Lieber nur ein Glas kaltes Wasser.“

Wenig später stand das Gewünschte vor Warncke, und hastig griff er zu dem Glas, stürzte den Inhalt herunter und sah die beiden Beamten mit einem seltsamen Gesichtsausdruck an. Dann schien er sich zu straffen, und während er mit beiden Händen fahrig über die Tischplatte fuhr, begann er zu erzählen. „Mein Auftrag war es, eine Wohnung in der ersten Etage zu überwachen. Es bestand der Verdacht der illegalen Prostitution, und ich war natürlich sofort alarmiert, weil es ja, wie Sie wissen, schon einmal so für mich begann.“

„Und anstatt uns zu informieren oder die nächste Polizeiwache, mussten Sie selbst wieder in Aktion treten – noch dazu mit einer in Deutschland verbotenen Abhöranlage“, antwortete ihm Petra Lichtner und deutete auf das Gerät. „Wie kann man nur immer wieder den gleichen Fehler machen?“ - „Ich hatte gar keinen anderen Ausweg, Frau Kommissarin!“, antwortete Warncke gepresst. „Das Honorar wurde mir diesmal schon im Voraus bezahlt. Wissen Sie, was ich an Miete für mein Büro und meine Wohnung zahle? Und diese teuren Geräte? Ich habe keine anderen Einnahmen und nehme deshalb jeden Auftrag an!“

„Gut, das ist zumindest verständlich. Wer ist Ihr Auftraggeber, und was haben Sie bislang bei Ihren Beobachtungen herausbekommen?“

Jonas Warncke starrte auf die Tischplatte, als er antwortete.

„Meinen Auftraggeber kenne ich nicht. Ich fand einen Umschlag mit dem Geld und dem damit verknüpften Auftrag in meinem Briefkasten. Anonym, mit dem Computer geschrieben und ohne jeglichen weiteren Hinweis.“

„Anonym? Und wie sollte da Ihr Auftraggeber etwas von Ihnen erfahren?“

„Ich sollte meine Berichte… in einem toten Briefkasten ablegen.“

„Ach, kommen Sie, Herr Warncke – das ist doch aus einem Spionagefilm aus den sechziger Jahren! Toter Briefkasten! Wer verwendet denn im Ernst ein solches Versteck, wenn es um brisante Daten geht?“
Der flehentliche Blick des Mannes war nicht gespielt, als er mit leiser Stimme antwortete: „Bitte, das müssen Sie mir glauben! Ich habe keine anderen Anweisungen!“
Ein kurzer Blickwechsel, dann räusperte sich Bernd Schuchert und erkundigte sich: „Und wo befindet sich dieser ‚tote Briefkasten‘?“
„Am Löwenwall. Genauer: Am Weg, der direkt an der Oker entlangführt. Wenn Sie wollen, zeige ich Ihnen die Stelle.“
„Darauf kommen wir später zurück. Was wissen Sie nun über die beobachtete Wohnung?“
„Sie wird von zwei Frauen bewohnt, die irgendwo aus Ost-Europa kommen. Ich konnte nicht verstehen, was sie sich erzählten, aber ich habe es aufgezeichnet.“
„Gut, dann möchten wir diese Aufzeichnungen gern hören.“

„Alles in meinem Auto, Herr Kommissar. Und das steht ja noch vor dem Haus am Steinweg, weil mich die Polizisten dort in ihrem Streifenwagen mitgenommen haben.
Ich kann Ihnen aber noch etwas verraten, was ich bei meinen Recherchen herausgefunden habe."
Die beiden Beamten sahen ihn schweigend an, und Warncke fuhr fort:
„Es handelt sich um eine Eigentumswohnung, die einem gewissen Holger Wahrendorf gehört."
Bei dem Namen fuhr Bernd Schuchert von seinem Stuhl auf.
„Dem Mann, dem auch die andere Wohnung gehörte? Der zwei Prostituierte hinausgeworfen hat, und die wenig später ermordet wurden?"
Jonas Warncke nickte stumm.

14.

Friedrich Krone deutete vor der laufenden Kamera auf die Häuserfassade und erklärte: „Hier haben wir ein Fachwerkhaus mit einer reichen Renaissance-Schnitzverzierung. Über dem Hauseingang befindet sich das Baujahr, 1590, und der Betrachter wundert sich vielleicht darüber, dass es zur Straße zwei Eingänge gibt. Hier ist der prachtvolle Eingang mit einer Verzierung in Bogenform, die eine Spitze aufweist. Solche Bögen nennt man Eselrücken, weil der Blick vom Hinterteil eines Esels nach vorn zum Kopf eine ähnliche Form aufweist. Weiter sehen wir am vorkragenden Schwellbalken ein sogenanntes Diamantenband und Perlstäbe. Das obere Geschoss hat zudem Fußdreiecke. Man vermutet, dass der rechte Teil von dem ursprünglichen Nachbarhaus stammt, dessen Rest abgerissen sein könnte, als man den barocken Neubau der Nr. 12 um das Jahr 1750 errichtete."

Jetzt fuhr die Kamera über die Blendarkaden, die verschiedene Symbole aufweisen.

„Hier gibt es handwerkliche Symbole, darunter auch an dieser Stelle einen Ochsenkopf und ein Beil, was darauf hinweisen könnte, dass der Hausbesitzer ursprünglich ein Schlachter war. Und erneut stellt sich die Frage für den Zuschauer – was hat das mit unserer Mumme zu tun?“
Fritz Krone lächelte wissend in die Kamera und fuhr fort, während die Kamera in die Totale ging und den Stadtführer nun vor der vollständigen Fassade des Fachwerkensembles zeigte.
„Über dem Eingang fand sich ursprünglich eine Ladeluke. Und ich habe in alten Akten im Stadtarchiv bei meiner Recherche Hinweise gefunden, dass der Besitzer des Hauses im 16. Jahrhundert neben seinem eigentlichen Beruf auch Bier braute. Das war keineswegs außergewöhnlich, denn nur als Brauer gab es mitunter Absatzprobleme, denn zum Bürgerrecht gehörte auch häufig – je nach Standort des Wohnhauses – ein eigenes Braurecht. Immerhin gab es im 17. Jahrhundert 354 Brauer, wenn auch nur 13 ‚mit Handlung‘. Das deutet darauf hin, dass zumindest diese

dreizehn Brauer ihr Bier verkauften, und die übrigen nur für den Eigenbedarf herstellten. Gehen wir von einer Einwohnerzahl von rund 15.000 Menschen zu dieser Zeit aus, so werden diese dreizehn Brauer keinen hohen Absatz gehabt haben. Aber das sind letztlich alles nur Vermutungen. Jetzt habe ich wieder einen Knaller für Sie, liebe Zuschauer. Die nicht mehr vollständig erhaltene Inschrift und die Wappen daneben mit Winkelmaß und Hammer brachten mich auf eine neue Spur. Besitzer des Hauses war nämlich von 1586 bis 1604 ein gewisser Sander Garven."

Olaf Schumann führte die Kamera erneut an die Verzierungen und schwenkte langsam über die erhaltenen Buchstaben und die Zahlen. Unter dem Winkelmaß stand die 15, unter den beiden Hämmern die 90. Es folgte der deutlich zu lesende Name *Sander,* das Wappen – ein Andreaskreuz mit darüber liegender Raute - und schließlich die Buchstaben *Gar.*

Krone setzte seine Ausführungen fort: „Von Garven ist ein Eintrag in der Gilderolle der Braumeister erhalten, und so folgte ich einer neuen Spur, die schließlich belegte, dass die Familie Garven die Brautradition über Generationen fortführte und schließlich zum Hauslieferanten der Familie von Veltheim wurde."

Die Kamera erfasste erneut sein Gesicht, und lächelnd erkundigte sich der Stadtführer: „Sie erahnen die Zusammenhänge, liebe Zuschauer? Braumeister Hinrich Garven belieferte die Veltheims mit seinem Bier. Und wer lebte dort vor ihrer Verheiratung im Haus? Richtig – die Magd Otilia Kreutzkamp."

Noch einmal schwenkte die Kamera über die schöne Fachwerkfassade, dann ging mit einer neuen Einstellung direkt auf die belebte Straße Am Magnitor.

„An dieser Stelle fügst du bitte beim Schneiden die weiteren Dokumente aus dem Stadtarchiv ein, Jens", bat Krone den zweiten Mann. „Ich habe die Bilder ja durchnummeriert, es sind die Dokumente 7 bis 12, also die alten Rechnungen der verschiedenen Brauer und die Aufzeichnungen aus der Gilderolle sowie das Steuerbuch des Rates. Also alles, was wir unter der Bezeichnung *Gewerbeakten vor 1750* ansehen und filmen durften."

„Schon klar, Fritz. Du musst mir nur die jeweiligen Bildnummern noch einmal mailen, dann ist für mich die Zuordnung leichter. Und was folgerst du nun aus dieser Entdeckung? Von wem stammte das Mumme-Rezept, das Caspar Busch dem englischen General verschaffte? Aus dem Hause Veltheim oder von Hinrich Garven?“
„Abwarten! Noch sind wir nicht mit allen Aufnahmen durch, Jens!“, gab sich Fritz Krone geheimnisvoll.

15.

Kriminalrat Dr Thomas Faust griff zur Lupe, um sich die Details auf den Fotos anzusehen. Bernd Schuchert hatte sie von Jonas Warncke erhalten, und bei der ersten Durchsicht ergab sich eine Überraschung. Der Privatdetektiv hatte von der gegenüberliegenden Straßenseite zunächst die geparkten Fahrzeuge fotografiert, dann die Hausfassade, schließlich die Menschen, die dort ein- und ausgingen.

Da Warncke eine sehr gute Kamera benutzte, waren Detailvergrößerungen vollkommen unproblematisch.
„Wie ist das möglich?“, überlegte Faust einen kurzen Moment laut und blickte auf das eingeblendete Datum am unteren Rand. Auch die Uhrzeit war dort vermerkt.
„Hier ist die Vergrößerung des Kennzeichens“, bemerkte Schuchert und legte seinem Vorgesetzten das nächste Foto vor.
„Kein Zweifel möglich, es handelt sich um den roten Mazda MX 5 von Elias Zielinsky, und zwar mit seinem Originalkennzeichen. Der freundliche Herr wird uns erklären müssen, warum sein Mazda am Steinweg parkt – vor einem Haus, in dem der Mann wohnte, der später mit genau diesem Fahrzeug getötet wird. Das kann ja wohl kein Zufall sein!“
„Es kommt noch besser“, bemerkte Schuchert. „Das Foto mit dem Mazda ist ja drei Wochen vor der Tat gemacht worden. Aber hier haben wir noch etwas anderes gefunden. Langsam bin ich dazu bereit, mich bei Jonas Warncke für seine Arbeit zu bedanken!“
Der Kommissar deutete auf die schmale Silhouette

eines Motorrades. Es war so abgestellt, dass man auch hier das Kennzeichen gut erkennen konnte.

„Wir haben alle dort abgestellten Fahrzeuge abgefragt. Dieses Motorrad – eine BMW F 850 GS – ist auf Elias Zielinsky zugelassen. Und jetzt sieh dir bitte das Datum am Bildrand an!“

„Donnerwetter – das erfordert aber ein sehr dringendes Gespräch!“, stieß Faust aus, als er das Datum mit dem Protokoll verglich. Das Motorrad parkte am Steinweg einen Tag, bevor Konrath erst seine Frau ermordete und dann von einem Mazda überfahren und tödlich verletzt wurde. „Uns hat er erzählt, er wäre auf einer Motorradtour durch Spanien gewesen. Hier wird bewiesen, dass er gelogen hat. Zielinsky kam nicht erst an dem Tag nach Hause, an dem du mit Petra zur Wohnung von Noah Winter wolltest und ihr dabei den Mazda entdeckt habt, sondern einwandfrei unmittelbar vor oder am Mordtag, beziehungsweise in der Nacht.“

Schuchert grinste fröhlich.

„Er wird in etwa zwanzig Minuten hier eintreffen. Bist

du bei seiner Anhörung mit dabei? Petra ist noch unterwegs, und ich…“

„Klar, das ist wirklich sehr, sehr wichtig. Bist du denn sicher, dass er auch wirklich kommt?“, erkundigte sich der Kriminalrat ein wenig skeptisch.

Schucherts Grinsen wurde noch breiter.

„Sehr sicher, Chef. Ich habe ihm eine persönliche Einladung durch die uniformierten Kollegen zukommen lassen.“

Der Kriminalrat hatte gerade seinen leeren Kaffeebecher in die kleine Spülmaschine gestellt, als ein uniformierter Beamter das Gemeinschaftsbüro betrat und einen sichtlich genervten Elias Zielinsky begleitete. Faust dankte dem Polizisten und bat Zielinsky in einen freien Raum.

Bernd Schuchert hatte sich sofort erhoben und war den beiden gefolgt.

„Sie kennen sich ja schon!“, bemerkte Faust. „Ich leite diese Abteilung, mein Name ist Dr Thomas Faust. Nehmen Sie doch bitte Platz, Herr Zielinsky, möchten Sie einen Kaffee oder ein Wasser?“

„Nichts dergleichen!“, gab der Mann mürrisch zurück. „Ich weiß nicht, womit Sie diesen Aufwand rechtfertigen, Herr Faust. Mich mit einem Streifenwagen abzuholen, ist schon ein starkes Stück!“

„Herr Zielinsky, Sie haben meinen Kollegen erzählt, dass Sie gerade von einem Motorradurlaub aus Spanien zurückgekommen wären. Ihr roter Mazda MX 5, der nach unseren Ermittlungen in einen Unfall mit tödlichem Ausgang verwickelt war, konnte in der fraglichen Zeit, am 15. September, deshalb nicht von Ihnen bewegt worden sein.“ Faust erwähnte nichts von dem Helmstedter Kennzeichen und hatte einen leichten Plauderton angeschlagen, um Zielinsky ein wenig aus seiner starren Haltung zu locken. Aber das schien nicht erfolgreich zu sein. Patzig antwortete der Mann: „So ist es, und ich habe deshalb meinen Mazda nicht im Zeitraum vom 1.9. bis zum 15.9. bewegen können, weil ich gar nicht in Braunschweig war.“

Faust warf einen Blick auf das später aufgesetzte Protokoll seiner Kollegen.

„Das haben Sie Kommissar Schuchert gegenüber so

angegeben." - „Dann ist ja alles klar, ich gehe jetzt wieder."

Damit wollte sich Zielinsky erheben, aber Bernd Schuchert erhob sich ebenfalls und deutete wortlos auf den Stuhl.

„Was noch?", erkundigte sich Zielinsky gereizt.

„Nur einen Moment, Herr Zielinsky. Erkennen Sie das Motorrad auf dem Foto?"

„Eine BMW F 850 GS, und weiter?"

„Vielleicht haben Sie es noch nicht bemerkt, aber man kann recht deutlich das Kennzeichen lesen. Für alle Fälle habe ich hier auch noch eine Vergrößerung, jetzt besser?", antwortete Faust und deutete auf das Nummernschild.

„Scheint meine BMW zu sein, und weiter? Ich bin manchmal bei dem Schreibwarenladen und spiele Lotto. Ist doch nichts Ungewöhnliches, oder war mein Parkschein abgelaufen?"

„Schauen Sie bitte mal auf das eingeblendete Datum, Herr Zielinsky!"

Elias Zielinsky beugte sich erneut über das Foto und

schien Probleme mit dem Datum zu haben, denn er hob den Blick nicht wieder zu den Beamten auf.

„Ihr Motorrad wurde am Steinweg am 13.9. fotografiert, zu einem Zeitpunkt also, an dem Sie sich nach Ihrer Aussage auf der Rückreise nach Braunschweig befanden."

Jetzt schnellte sein Kopf hoch, und Faust sah für einen winzigen Moment ein Flackern in den Augen des anderen, aber gleich darauf hatte der sich wieder vollkommen gefasst.

„Das kann nicht sein. Am 13.9. war ich definitiv noch auf der Autobahn unterwegs. Ich bin erst gegen Mitternacht in Braunschweig eingetroffen und todmüde ins Bett gefallen."

„Und wie erklären Sie sich die Tatsache, dass Ihr Motorrad am Vormittag dieses Tages – vermerkte Uhrzeit 9.51 Uhr – am Steinweg abgestellt war?"

Zielinsky zuckte die Schultern.

„Keine Ahnung. Das muss … ein technischer Systemfehler sein. Ich war jedenfalls noch unterwegs."

„Haben Sie dafür Zeugen? Oder einen Beleg, dass Sie

unterwegs am 13. noch getankt oder etwas gegessen haben?"

„Ich? Nein, warum auch? Kassenzettel hebe ich nie auf. Und ich war allein mit meiner Maschine unterwegs. Aber Moment – ich habe auf der Autobahn noch getankt, zwischen Salzgitter und Rüningen. Möglicherweise habe ich diese Quittung noch in meiner Motorradjacke. Diese Fotos hier kann doch sonst wer gemacht haben und das Datum dabei manipuliert!"

Faust lehnte sich zurück und musterte sein Gegenüber.

„Und wer sollte das aus welchem Grund machen?"

„Weiß ich doch nicht!", gab Zielinsky patzig zurück.

„Sollten Sie aber, Herr Zielinsky!", antwortete Thomas Faust ruhig. „Sie sind nämlich dringend verdächtigt, am 14.9. mit Ihrem Mazda MX 5 einen tödlichen Unfall mit Fahrerflucht begangen zu haben. Ihr sichergestelltes Fahrzeug weist einwandfrei Unfallspuren auf. Mit einer Poliermaschine und einem Beulensauger kann man nicht alles beseitigen, zumal, wenn es sich um einen Unfall mit Personenschaden handelt."

„Das können Sie mir nicht anhängen!“, brüllte Zielinsky plötzlich los. „Ich hatte vor Monaten einmal einen kleinen Wildunfall, als ich von der A 2 vom Flughafen durch das Waldstück fuhr. Aber das Wild ist ins Unterholz abgehauen, ich hatte nur den Ärger mit den Dellen.“
„Haben Sie das angezeigt?“
„Warum sollte ich? Wie gesagt, das Wild ist abgehauen, ich habe nichts gefunden, also – was soll ich da anzeigen?“
„Dabei bleiben Sie, Herr Zielinsky? Und der Fotobeweis, dass Ihr Motorrad einen Tag vor diesem Unfall am Steinweg stand und Sie also durchaus selbst am nächsten Tag, dem 14.9., am Steuer gesessen haben könnten, als Jan Konrath überfahren wurde?“
„Ist mir ein Rätsel. Ich bin erst nach Mitternacht nach Hause gekommen und weiß nichts anderes.“
Thomas Faust seufzte.
„Tja, Herr Zielinsky – dann muss ich Ihnen sagen, dass Sie als Hauptverdächtiger in diesem Fall gelten. Es handelt sich ja nach Augenzeugen keineswegs um

einen tragischen Unfall, sondern der Mazda wurde stark beschleunigt und hat Konrath ganz bewusst überfahren, ohne einen Ausweichversuch!“

„Das ist ja vollkommen verrückt, warum sollte ich das machen?“

„Jedenfalls nehme ich Sie vorläufig fest und darf Sie bitten, dem Beamten zu folgen.“

Die Tür öffnete sich, und zwei Polizisten traten ein, die im Nebenraum alles mitgehört hatten.

„Das ist ja grotesk!“, brüllte Zielinsky und wollte sich an den Beamten vorbeidrängen. Aber die ließen sich nicht überrumpeln, packten zu und brachten den Festgenommenen nach unten in eine der Zellen, die oft auch nur zur Ausnüchterung dienten. Doch Zielinsky wirkte im Gegenteil sehr nüchtern, als man ihm sein persönliches Eigentum aus den Hosentaschen sowie den Hosengürtel abnahm.

„Wir haben ihn!“, sagte Schuchert erleichtert und ging zum Kaffeeautomaten.

„Zumindest vorübergehend, Bernd“, antwortete Faust. „Ein guter Anwalt hat ihn da schnell wieder heraus. Er kann immer noch behaupten, dass er sich im Datum vertan hätte und jemand anderes mit seinem Motorrad unterwegs gewesen sein muss – so wie am fraglichen Tag mit seinem Mazda."

Der Kommissar sah seinen Vorgesetzten irritiert an.

„Das meinst du doch nicht im Ernst, Chef? So viele Zufälle gibt es gar nicht!"

„Wir werden sehen, was die nächsten Stunden mit sich bringen!", erklärte Faust und griff sich einen neuen Becher vom Regal.

16.

Kaum stand Friedrich Krone wieder vor seinem Auto im Parkhaus der Schloss-Arkaden, zog er sein Handy heraus und wählte die Nummer von Olaf Schumann. Er wartete kaum ab, dass der seinen Namen nannte, als es auch schon aus ihm heraussprudelte.

„Mensch, Olaf, ich habe es gefunden! Die Sensation ist perfekt, ich kann es noch gar nicht glauben!"

„Aha, und was genau hast du gefunden?", kam es trocken zurück.
„Ach so, ja, ich war eben noch einmal im Stadtarchiv und habe in die alten Akten der Neustadt Einblick nehmen können."
Er wartete einen Moment ab, als könne Olaf jetzt erahnen, was er gefunden hatte. Dann besann sich Krone, sortierte seine Gedanken und fuhr fort: „Im Prozessbuch der Neustadt fand ich in dem Abschnitt des Jahres 1675 eine Niederschrift über die Witwe Otilia Busch, geborene Kreutzkamp, der alles zu bestätigen scheint, was ich schon vermutet habe. Verstehst du das?"
„Ehrlich gesagt, nein, Fritz. Was für eine Niederschrift über deine Magd hast du gefunden?"
„Also, zusammengefasst. Sie hat erreicht, dass man ihren Mann für tot erklärte, obwohl sein Schicksal wohl nie aufgeklärt wurde. Jedenfalls erhielt sie ihr Recht und wurde zudem noch von der Anklage der Hexerei freigesprochen!"
Olaf Schumann stieß einen Pfiff aus.

„Jetzt verstehe ich, weshalb du so aufgeregt bist. Dann hat die Witwe Busch wohl ein paar Ratsmitglieder bestochen, oder? Soweit ich weiß, kam man doch von einer Anklage wegen Hexerei nicht so ohne weiteres wieder frei!"

„Warte, ich fahre jetzt los, den Rest erzähle ich dir über die Freisprechanlage. Das müssen wir noch in unseren Mumme-Film mit einbauen, die Geschichte ist Gold wert!"

Es knackte kurz in der Verbindung, als Krone startete und die Rampe herunterfuhr, sein Parkticket einführte und gleich darauf in Richtung Bohlweg abbog. Wie immer, war die Ampel hier auf Rot geschaltet, und es dauerte einige Zeit, bis er schließlich auch die Dreißiger-Zone bis in die Wilhelmstraße hinein passiert hatte. Von hier aus ging es weiter über die Wendenstraße nach rechts in den Wendentorwall, wo er aufgrund einer entgegenkommenden Straßenbahn nach rechts abbog und den Wagen wieder zurücklenkte. Gleich darauf passierte er die Straße Am Gaußberg, fand eine freie Parkbucht und ging von hier aus zu Fuß

weiter bis zum Okerarm und blickte hinüber zum Wendenwehr. Eine Weile sah er nachdenklich in das schäumende Wasser und überlegte, ob das den gewünschten dramatischen Effekt ergeben könnte.
„Jedenfalls beeindruckender als am Wehr der Neustadtmühle“, sagte er leise zu sich selbst. Dann stand sein Entschluss fest. Erneut drückte er die Kurzwahl, um Olaf Schumann für den nächsten Dreh zu motivieren.
„Hast du morgen Vormittag Zeit für einen nur kurzen Dreh?“
„Morgen? Ganz schlecht, mein Lieber, da muss ich mit meiner Frau in die Stadt. Ich habe ihr versprochen, dass wir gemeinsam fahren. Geht nicht auch der Freitag?“
„Geht natürlich auch. Dann möchte ich mit dir zum Wendenwehr, kurze Sequenz, eine Kamera reicht aus.“
„Du willst das Wendenwehr filmen?“
„Eher das hier sprudelnde Wasser, Olaf.“
„Machst du jetzt noch etwas über die Braunschweiger

Okerwehre?“ - Fritz Krone lachte auf.
„Nein, da liegst du vollkommen falsch. Es geht mir um eine passende Einstellung für die Hexenprobe.“
„Hexenprobe? Welche Hexe möchtest du denn probieren?“
„Witzbold! Bei der Hexenprobe wurde eine der Hexerei verdächtigte Frau gefesselt ins Wasser geworfen. Ging sie unter, war sie unschuldig. Schwamm sie aber auf dem Wasser, so war ihre Schuld bewiesen.“
„Hört sich in jedem Falle ungesund für die Frau an!“, erwiderte Olaf.
„Die Probe wurde dreimal wiederholt. Die Delinquentin hatte ein zusätzliches Seil um den Körper, an dem die Henkerknechte sie wieder heraufzogen.“
„Und das hat funktioniert?“
„Im Falle der Witwe Otilia Busch jedenfalls. Du erinnerst dich, dass ich dir von ihrem Aufenthalt im Kloster erzählte? Wo sie sich auszeichnete durch ihre Kunstfertigkeit im Sticken, und deshalb auch namentlich erwähnt wurde.“
„Klar, hast du ja berichtet. Und jetzt ist der Fall für

dich also klar?“ - „Besser geht es nicht. Jetzt fügt sich jedes Puzzleteil an seinen Platz. Das Schicksal des Mumme-Rezeptes und des Verrates an England ist nun geklärt. Den Rest am Freitag während des Drehs.“
„Bin gespannt!“

17.

„Vincent Dreyer, ich bin der Anwalt von Elias Zielinsky.“
Der Anwalt in einem sehr eleganten, leichten Sommeranzug, mit brauner Gesichtsfarbe, Seidenkrawatte und teuren Schuhen streckte Kriminalrat Dr Thomas Faust die Hand entgegen.
„Wir kennen uns bereits, Herr Rechtsanwalt!“, lautete die kühle Antwort, bei der Faust geflissentlich die Hand übersah. „Vielleicht erinnern Sie sich nicht mehr an mich, weil ich nur als Zeuge auftrat. Es ging damals um ein gewisses Baugebiet in Braunschweig-Ost. Sie vertraten den Makler Noah Winter.“

Ein Schatten huschte kurz über das Gesicht des Mittdreißigers, seine Mundwinkel verzogen sich leicht, dann hatte er sich wieder unter Kontrolle.
„Ja, ich entsinne mich. Damals hatte es einen bedauerlichen Unfall gegeben und Ihre Abteilung ermittelte aufgrund eines vollkommen aus der Luft gegriffenen Mordverdachts gegen meinen Mandanten. Na, das hat sich ja damals glücklicherweise als unbegründet erwiesen."
„Umso schlechter läuft es jetzt für Ihren Mandanten, sieht man einmal davon ab, dass die damaligen Partner Winter und Konrath beide ermordet wurden!", bemerkte der Kriminalrat.
„Ja, eine unglückliche Geschichte, und ich wie ich den Medien entnehmen konnte, wurde ja auch Jan Koniraths Frau Katrin ermordet. Übel, was alles so in unserem beschaulichen Braunschweig passiert! Was genau werfen Sie nun Herrn Zielinsky vor, Herr Dr Faust?", erkundigte sich mit einem Lächeln der Anwalt.
„Zumindest die Beteiligung an einem Mord, vielleicht

auch an zwei.“ - „Das ist ein starkes Geschütz, was Sie auffahren, Herr Kriminalrat!“, antwortete Dreyer. „Ich möchte mit meinem Mandanten sprechen und verlange dann auch Akteneinsicht.“

„Alles schon vorbereitet, Herr Dreyer. Ihr Mandant wartet nebenan sehnsüchtig auf Sie.“

„Gut, können wir Kaffee bekommen?“

Dr Thomas Faust machte ein betrübtes Gesicht und zuckte die Schultern.

„Unglücklicherweise nicht, Herr Anwalt. Irgendetwas funktionierte seit einem ersten Startversuch in der Frühe nicht. Ich kann Ihnen aber gern ein Glas Leitungswasser anbieten.“

Der Blick, den Dreyer dem Kriminalrat zuwarf, sprach Bände.

Faust zuckte noch einmal die Schultern, ging ein paar Schritte voraus zu einem Besprechungsraum, vor dem ein uniformierter Polizist stand. Er wartete nicht ab, bis Dreyer eingetreten war, sondern kehrte zurück in sein Büro, ließ aber die Tür zum großen Gemeinschaftsbüro offen.

Nach einer guten halben Stunde trat der Anwalt aus dem Zimmer, und der Kriminalrat wollte ihm nicht zumuten, so ganz allein mitten im inzwischen leeren Büro auf die Kriminalbeamten warten zu müssen. So ging er ihm freundlich lächelnd entgegen und begrüßte ihn mit den Worten:

„Sie sehen so zufrieden aus, Herr Anwalt – da kann ich nur schlussfolgern, dass Ihr Mandant ein ganz sicheres Alibi aufweisen kann."

Vincent Dreyer nickte zustimmend, dann begann er seine Ausführungen.

„Ich beantrage die sofortige Entlassung meines Mandanten, Herr Kriminalrat. Es haben sich Beweise gefunden, die die Unschuld von Herrn Zielinsky bestätigen können."

Faust nickte und zeigte ein verständnisvolles Lächeln.

„Das war mir klar, bevor Sie aus dem Zimmer kamen, Herr Anwalt. Welchen Beweis für die Unschuld Ihres Mandanten werden Sie jetzt vorlegen können?"

„Einen Moment bitte noch, ich musste jemand von der Kanzlei zur Wohnung meines Mandanten schicken, um etwas abzuholen.“ Kaum zehn Minuten später kam ein junger Mann, meldete sich als Mitarbeiter des Anwalts und händigte dem schließlich einen kleinen Umschlag aus. Dreyer öffnete zog einen kleinen Zettel heraus und wedelte damit dicht vor der Nase des Kriminalrates herum.

„Das ist der Beweis für die Unschuld meines Mandanten, Herr Kriminalrat. Ich weiß, dass es Ihnen nicht gefallen wird. Aber dieser Tankbeleg dürfte hieb- und stichfest beweisen, dass Herr Zielinsky zum fraglichen Zeitpunkt noch nicht in Braunschweig war.“

Faust musterte den Anwalt mit einem so durchdringenden Blick, dass der schließlich auswich und den Blick auf seine Hand richtete.

„Ich habe nichts anderes erwartet. Auf den ersten Blick erkenne ich den Firmennamen einer Tankstelle. Sie wollen damit also beweisen, dass sich Zielinsky zum fraglichen Zeitpunkt nicht in Braunschweig befand, sondern – wo? Lassen Sie mich raten – irgendwo an einer Tankstelle der A 7 sein Motorrad aufgetankt hat? Originell ist das nicht gerade, wenn Sie mich fragen!“ - Vincent Dreyer schnappte empört nach Luft.

„Was wollen Sie damit andeuten, Herr Kriminalrat?“

„Andeuten? Gar nichts. Ich äußere nur meine Gedanken. Sie werden sich denken können, dass wir diesen Beleg gründlich überprüfen werden.“

Der Anwalt holte tief Luft und schien sich dabei gleichzeitig hoch aufzurichten. Er funkelte Dr Faust wütend an, als er erwiderte: „Das habe ich auch nicht anders vermutet. Es wird ja wohl kein Zweifel daran bestehen und meinen Mandanten entlasten. Mir wäre es natürlich lieb, wenn ich ihn jetzt schon mitnehmen könnte, aber das wird wohl nicht der Fall sein, oder?“

„Natürlich nicht, Herr Dreyer. Sie kennen das Verfahren, gegen Ihren Mandanten liegt schließlich ein Haftbefehl vor. Und die mir hier so flott präsentierte Tankquittung wird kaum ausreichen, um ihn auf freien Fuß zu setzen. Jetzt entschuldigen Sie mich bitte, ich habe zu tun.“

Damit drehte sich Thomas Faust auf dem Absatz herum und ging in sein Büro. Wer ihn dabei beobachtet hätte, musste erkennen, dass der Kriminalrat grimmig die Zähne aufeinander presste und die linke Hand geballt hatte. Trotzdem schloss er seine Tür ausgesprochen leise hinter sich. Er stellte sich die Frage, woher Dreyer so rasch den passenden Tankbeleg zaubern konnte, aber dann hatte er auch dafür eine Antwort gefunden.

Zieinsky musste seinen Anwalt bereits unterwegs informiert haben, dass er ein sicheres Alibi benötigte. Eine andere Lösung konnte es nicht geben. Und Dreyer zog den Tankbeleg wie ein Zauberer aus dem überbrachten Umschlag.

Dr Faust hob den Hörer ab und ließ sich verbinden.

„Ich benötige eine Genehmigung zur Handydatensicherung. Ja, dringender Tatverdacht im Mordfall Konrath. Danke!“ Als er den Hörer auflegte, huschte ein zufriedenes Lächeln über das Gesicht des Kriminalrates. ‚Wir werden ja sehen, Herr Anwalt!‘, dachte er.

18.

„Weißt du eigentlich, was ich meinen Gästen in der Echternstraße beim alten Wehrgang erzähle?“

„Ich war bei deiner Nachtwächtertour im vorigen Jahr dabei, Fritz!“, erwiderte Olaf Schumann lächelnd.

„Das beantwortet meine Frage nicht. Für gewöhnlich erzähle ich nur etwas über die Verwendung des gedeckten Wehrgangs. Aber wenn ein paar Frauen unter den Gästen sind, erkläre ich ihn kurzerhand zum Hexengefängnis.“

Olaf lachte auf.

„Das kenne ich auch von dir, Fritz. Aber diese Hexengeschichte nimmt dir doch wohl niemand ab, oder?“

Der Stadtführer grinste breit. Sie hatten soeben die von ihm gewünschten Aufnahmen am Wehr gemacht und waren dabei, zusammenzupacken.

„Naja, eher wohl nicht. Tatsache war ja auch, dass die der Hexerei beklagten Menschen im Keller des Altstadtrathauses schmoren mussten, weil in der Altstadt das ‚Echte Ding‘ gesprochen wurde.“

„Was ist das jetzt noch gleich?“
„Im Mittelalter versammelten sich alle freien, waffenfähigen Männer zum Ding unter freiem Himmel, wie schon früher die Germanen. Das echte oder ungebotene Ding war ein Gerichtstag. Im Altstadtrathaus gab es neben dem Gefängnis auch eine Folterkammer. Aber ich wollte für unsere Geschichte um die Witwe Busch eine Verbindung schaffen. Die Hexenprobe an der Oker, die Hinrichtungsstätte befand sich allerdings im Lechlumer Holz. Heute wird dort noch mit einer Tafel daran erinnert. Die rekonstruierte Stätte wird allerdings schon wieder von der Natur überwuchert.“
„Da wolltest du aber nicht auch noch drehen, oder?“, erkundigte sich Olaf.
„Nicht nötig, denn wie wir ja nun wissen, konnte sich Otilia Busch freikaufen. Wir sind mit den Aufnahmen durch, du kannst jetzt gern schneiden, damit wir so bald wie möglich dieses Projekt abgeschlossen haben.“
„Sehr gut!“, erwiderte Olaf Schumann. „Kann ich dich noch mitnehmen?“

„Besten Dank, Olaf, ich gehe von hier zu Fuß in die Stadt zurück, muss noch ein wenig den Spätsommertag genießen.“
„Ich melde mich, wenn du das Video ansehen kannst!“
„Da freue ich mich wirklich schon mächtig drauf!“
Eine Zeit später, als Friedrich Krone in Richtung der Celler Straße ging, um zu seinem abgestellten Auto im Packhof zu kommen, fiel ihm der Kiosk ein und die Versuchung, dort sich ein Eis zu holen, war bei den noch immer sommerlichen Temperaturen einfach zu groß.
Voller Genuss biss er gleich darauf in den Schokoladenüberzug und wartete an der Fußgängerampel, als ein knallroter Mazda MX 5 an ihm vorüberfuhr.
‚Was…‘, schoss es ihm kurz durch den Kopf, aber dann erkannte er, dass es sich um ein Kennzeichen aus Wolfenbüttel handelte und auch das Modell ein neueres war. Aber in Gedanken war er wieder bei dem Unfall mit tödlichem Ausgang, den Olaf und Jens ja miterlebt hatten. ‚Ob sie den Kerl inzwischen gefasst haben?‘, dachte er und musste sich beeilen, den Rest der

Fahrbahn noch vor dem Umschalten der Ampel zu überqueren. Vom Wilhelmitorwall kam ihm eine Gruppe auf Segways entgegen. Er erkannte den Kollegen, der die Gruppe führte, und winkte ihm zu. Einen Moment blieb er auf dem Fußweg stehen, als die Gruppe an ihm vorüberrollte. Diese Touren mochte er durch die sommerliche Stadt zu gern, vorbei an den Villen und später dann ein ganzes Stück an der Oker entlang. Doch seine nächste Tour fand erst in zwei Wochen statt, und er fürchtete, dass die Schönwetterperiode bis dahin vorüber war.

Doch durch die Begegnung mit dem roten Mazda kreisten seine Gedanken wieder zurück zu dem Fall, über den die Medien ausführlich berichtet hatten. Sogar in der Tagesschau gab es erneut einen kleinen Bericht mit ein paar Bildern aus Braunschweig. Friedrich Krone hätte sich einen besseren Anlass für einen Bericht über seine Heimatstadt gewünscht.

19.

„Scheffe, der Junior hat die Videos ausgewertet!", vermeldete Petra fröhlich von der kaum geöffneten Tür zum Büro des Kriminalrates.

„Petra, erstens bin ich…", rasch brach Thomas Faust ab und schüttelte kurz den Kopf. „Also, Junior als Titel für unseren Kriminalkommissaranwärter solltest du dir ganz schnell wieder abgewöhnen!"

Die Kommissarin grinste und trat in das Büro ihres Vorgesetzten.

„Schon klar, sage ich auch nicht wirklich zu ihm. Kommst du mit rüber oder soll er dir das Ergebnis schicken?"

„Wenn du es so spannend machst, komme ich mit rüber. Ich vermute mal, dass wir da keine BMW F 850 GS entdecken werden?", erkundigte er sich, als die beiden in das Großraumbüro wechselten.

„Das nun nicht!", erwiderte Petra Lichtner mit besonderer Betonung. „Aber wir kommen schon auf unsere Kosten!"

Als die beiden am Schreibtisch von Heiko Schubert standen, deutete der aufgeregt auf eine angehaltene Videosequenz. Thomas Faust beugte sich etwas vor, um in der Vergrößerung das Kennzeichen ablesen zu können.

„Ziemlich dreckverschmiert, aber man kann deutlich das HE für Helmstedt erkennen. Und es sind zweifelsfrei auch zwei Zahlen", sagte Schubert stolz und deutete auf das jetzt im Zoom-Bereich herangeholte Kennzeichen, das dadurch jedoch mehr verschwamm und nicht mehr gut erkennbar war.

„Jedenfalls wurde das manipuliert – ich meine nicht das gefälschte Kennzeichen, sondern den Dreck darauf!", merkte Dr Faust an. „Und jetzt bitte mal auf den Fahrer – hier, stopp, die Sequenz, wo er vom Bezahlen zurückkommt – oh ja, stopp. Sehr interessant! Habt ihr schon eine Gesichtserkennung gemacht?"

Kriminalkommissaranwärter Schubert rückte unruhig auf seinem Schreibtischstuhl hin und her, während er das Video verkleinerte und ein Computerbild hochlud.

„Das ist doch diese… diese …" Petra Lichtner kam

nicht auf den Namen, und es war ihr Kollege Bernd Schuchert, der von seinem Schreibtisch herüberkam.
„Elvira Nehrlich. Neuerdings gesucht seit ihrer etwas überhasteten Flucht aus der Penthouse-Wohnung. Und am fraglichen Datum nicht in einem Porsche unterwegs, sondern mit dem Mazda. Und dem gefälschten Kennzeichen. Was hat das zu bedeuten?"
„Das bedeutet, dass alles zusammenhängt", bemerkte der Kriminalrat. „Also, natürlich die beiden Toten Jan Konrath und Noah Winter, das ist bekannt. Dann natürlich diese Elvira Nehrlich, seine Lebensgefährtin. Ferner Elias Zielinsky, MX 5-Besitzer und angeblich zum Tatzeitpunkt noch auf der Rückkehr von seinem Motorradurlaub. Diese Tankquittung von Zielinsky beweist auch, dass der eloquente Anwalt Dreyer mit im Boot sitzt. Ferner Thorsten Schumacher und Heiko Wahrendorf, mit denen wir uns jetzt etwas mehr befassen werden. Ich habe vorhin mit der Betrugsabteilung, Dezernat 11, telefoniert. Von Kriminalhauptkommissar Edgar Feininger erfuhr ich, dass man dort die Befragung Schumachers abgeschlossen hat und er

uns heute Nachmittag im Rennelberg zur Verfügung steht."

„Fährst du selbst in die U, Scheffe?", erkundigte sich Petra Lichtner. Mit ‚U' meinte sie die Untersuchungshaftanstalt Rennelberg, die noch immer in Bereichen genutzt wurde, obwohl man schon im Jahr 2018 beschlossen hatte, sie aufzugeben und dafür die JVA in Wolfenbüttel auszubauen und dann entsprechend zu nutzen.

„Ja, aber du kannst mich begleiten. Wir werden auch Feininger dort antreffen, der uns seine Unterlagen kopiert hat und mir noch ein paar Informationen mündlich weitergibt." Damit drehte er sich wieder zu Heiko Schubert. „Gute Arbeit, Kollege. Das könnte der echte Durchbruch für uns werden!"

Schubert spürte, wie ihm die Röte vor Verlegenheit in die Wangen schoss und blickte angestrengt auf seinen Bildschirm.

Das Gespräch mit Thorsten Schumacher wurde für die beiden Beamten sehr aufschlussreich. Offenbar hatte die U-Haft den sonst sehr großspurig auftretenden

Makler bereits zermürbt. Jedenfalls war er bereit, Einzelheiten über seine Verbindung zu den Toten zu erklären. Da sich auch Kriminalhauptkommissar Edgar Feininger auf Bitten seines Freundes Thomas Faust entschlossen hatte, als Zuhörer dabei zu sein, nahm Schumacher möglicherweise auch an, dass er im offenen Gespräch Punkte sammeln konnte.

„Das Baugebiet Ost wurde also von einem Triumvirat geleitet“, fasste Faust die ersten Erklärungen zusammen. „Von Ihnen, von Jan Konrath und Noah Winter. Wobei insbesondere Winter in unserer Stadt nicht den besten Ruf genoss. Trotzdem fanden Sie offenbar zahlreiche Kaufwillige, die Ihre Verträge erhielten und unterzeichneten. Anzahlungen in beträchtlichem Ausmaß leisteten. Wo war dann der Punkt, dass Sie für sich die Reißleine gezogen haben?“

Thorsten Schumacher, Mitte fünfzig, grauhaarig, glattrasiert, mit einer Miene, als könne er kein Wässerlein trüben, zog erstaunt die Augenbrauen hoch und wartete ab, bevor er sich zu einer Antwort entschloss. Der Kriminalrat ließ ihn gewähren. Er kannte solche

Spielchen zur Genüge und wusste, dass keinerlei Eingehen auf derartige, schauspielerische Höchstleistungen der Verdächtigen zumeist erfolgreich waren.
Nachdem auch Schumacher eine Weile seinem Blick standgehalten hatte, stieß er einen tiefen Seufzer aus und zuckte die Schultern.
„Tja, eigentlich war die Katrin die treibende Kraft."
„Katrin Konrath?", erkundigte sich Petra Lichtner erstaunt.
Thorsten Schumacher wandte sich zu der Kommissarin und ließ beim breiten Lächeln seine gebleichten Zähne blitzen. Faust kannte seine Kollegin zu gut, um nicht überrascht durch ihre Reaktion zu werden. Tatsächlich reagierte sie schnell und unwirsch.
„Sie wollen uns doch nicht erzählen, dass die ermordete Katrin Konrath drei gestandene Männer wie Sie und Ihre Partner dermaßen beeinflusst hat, dass Sie jegliches Maß beim Verkauf der Ackergrundstücke verloren haben!"
Erneut zog der Makler die Augenbrauen hoch, wich aber ihrem Blick nicht aus.

„Ackergrundstücke? Das ist zumindest Bauerwartungsland gewesen! Wir wurden damals von dem Grundstückseigentümer getäuscht!“
„Kommen wir auf Frau Konrath zurück, das andere haben Sie sicher mit meinem Kollegen Feininger bereits besprochen“, erwiderte Dr Faust. „Was genau wollen Sie uns mit Ihrer Bemerkung zur ‚treibenden Kraft‘ mitteilen, Herr Schumacher?“
Jetzt war es an dem Makler, sich genüsslich auf dem unbequemen Stuhl zurückzulehnen und mit einem mokanten Lächeln zu erklären: „Nun, Herr Kriminalrat, mit Rücksicht auf die Anwesenheit einer Frau möchte ich es einmal vornehm ausdrücken: Katrin Konrath war hinter allem, was Hosen trug, hinterher wie der Teufel hinter der armen Seele. Sie hat bei keinem von uns auch nur eine Sekunde gezögert, wenn wir allein mit ihr waren.“
„Wollen Sie damit andeuten, dass sowohl Winter als auch Sie ein Verhältnis mit Katrin Konrath hatten?“, hakte Faust nach und löste damit ein höhnisches Gelächter aus.

„Ein Verhältnis? Ach, Herr Kriminalrat – wie überaus niedlich Sie das ausdrücken! Ménage-à-trois wird Ihnen sicher geläufig sein, aber das allein trifft es nicht vollständig – es fanden in der wunderschönen Wohnung regelrechte Orgien statt.“

Faust wechselte einen raschen Blick mit Petra Lichtner, die vollkommen unbeteiligt schein, während Kollege Feininger eine leise Melodie summte.

„Schön, das habe ich verstanden. Und wann genau war für Sie der Zeitpunkt gekommen, aus Braunschweig zu verschwinden?“, hakte Faust erneut nach.

„Ich sage das mal so – die Lage spitzte sich auf verschiedenen Ebenen zu. Da waren einmal die Käufer, die unruhig wurden. Wir haben zwei Rohbauten hochziehen können, dann kam plötzlich das Verbot der Gemeinde, unser Vorhaben kam nicht weiter voran. Natürlich waren unsere Anwälte aktiv, aber es zeichnete sich bald ab, dass wir zumindest nicht in der vorgesehenen Zeit weitermachen konnten.“

„Aha, und die geleisteten Anzahlungen wurden von den ersten Bauwilligen, die von dem Stopp erfuhren, zurückgefordert?“, rief Petra Lichtner schnell, ehe Schumacher zu weitschweifig wurde.

„Das stimmt, aber noch hatten wir zahlreiche Optionen, noch schien alles regulierbar zu sein. Aber dann eskalierte die Lage – zumindest für mich, und ich zog es vor, eine längst geplante Auslandsreise vorzunehmen.“

„Die Lage eskalierte für Sie? Das verstehe ich nicht, wenn, wären doch alle Partner gleichzeitig betroffen gewesen, und Sie…“

Thorsten Schumacher machte eine unwillige Geste mit der Hand.

„Zwei Dinge geschahen fast gleichzeitig. Da war einmal Katrin plötzlich mit dem Vorschlag, dass wir beide Deutschland verlassen wollten – sie würde dafür sorgen, dass das Geld vom Geschäftskonto auf eine Bank auf den Cayman Islands kam, bevor nur irgendwer etwas ahnte.“

„Sie wollte mit Ihnen durchbrennen, den Ehemann und die Partner betrügen?“, ereiferte sich Petra, und entlockte damit Schumacher ein ironisches Lächeln, als er fortfuhr: „Das allein war aber nicht ausschlaggebend, und mit Katrin und mir wäre es auf die Dauer auch nicht gut gegangen. Schön, im Bett ist sie einsame Klasse, aber ansonsten durchtrieben und – falsch.“

„Was kam schließlich dazu, dass Sie Hals über Kopf Braunschweig verließen? – Nein, bitte, Herr Schumacher, wir wissen inzwischen sehr gut über Ihren Flug nach Südamerika Bescheid, von der Buchung bis zu Ihrer Rückkehr. Was ich wissen möchte: was gab den Ausschlag für Sie, das Baugebiet und die ersten Rückforderungen können doch nicht der Grund gewesen sein! Sie erwähnten Ihre Anwälte.“

Thorsten Schumacher schüttelte heftig den Kopf.

„Nein, das waren nicht die besorgten Häusle-Bauer oder Investoren, Herr Kriminalrat. Der Grund lag einzig und allein im Verhalten von Elias Zielinsky und seinem besten Freund Holger Wahrendorf.“

„Jetzt wird es endlich interessant!“, bemerkte Thomas Faust. „Was bringt Zielinsky ins Spiel?“

Schumacher schnaubte verächtlich durch die Nase.

„Wahrendorf war nicht nur mit in unserer Firma, das wissen Sie bereits. Er besaß auch eine Wohnung am Steinweg im gleichen Haus wie die Konraths. Da hatte er zwei Frauen aus dem Ostblock untergebracht. Und diesen Windhund, diesen Zielinsky, hat Katrin auch angeschleppt."
„Jetzt mal Butter bei die Fische!", rief Petra Lichtner etwas ungehalten. „Erzählen Sie doch einfach der Reihe nach, wie sie alle ihre Verbindungen vertieft haben – ob über Ihre gemeinsamen Bettgeschichten oder die unsauberen Methoden beim Verkauf von angeblichen Baugrundstücken."
Das schien zu wirken.
Schumacher sah verwundert von einem zum anderen, dann nickte er zustimmend und begann seine Erzählung, die von den Polizisten schweigend und ohne Unterbrechung angehört wurde.
Als er endete, hatte sich Kriminalrat Dr Thomas Faust erhoben und ans Fenster gestellt. Jetzt drehte er sich langsam um und erkundigte sich:
„Warum nennen Sie eigentlich das Kind nicht beim

Namen, Herr Schumacher? Neben dem dubiosen Bauprojekt führten sie doch am Steinweg keineswegs nur ein privates Dreier-Treffen durch, sondern es gab dort einen Swinger-Klub. Der gehört Holger Wahrendorf, der mit den beiden Frauen, Catharine Turcanu und Delia Rotaru auch einen Luxus-Escort-Service betrieb."

Schumacher starrte ihn mit weit aufgerissenen Augen und offenem Mund an.

„Sie vergessen sicher, was mein Kollege, Kriminalhauptkommissar Edgar Feininger vom Dezernat 11, inzwischen erfahren hat. Und sollte das nicht genügen, haben wir eine Reihe interessanter Fotos, die ein Privatdetektiv über einen längeren Zeitraum gemacht hat."

20.

Friedrich Krone hielt es für einen besonderen Glücksfall, beinahe mit Kriminalrat Dr Thomas Faust beim

Einkaufen zusammengestoßen zu sein. Beide standen in der Schlange am Obststand auf dem Altstadtmarkt. Faust schnappte sich sein Einkaufsnetz und drehte sich so schnell herum, dass er dabei den Stadtführer anstieß.

„Oh, Entschuldigung, ich bin zu stürmisch!“, sagte der Kriminalbeamte lächelnd und fuhr gleich darauf fort: „Ach, Herr Krone! Wir haben uns ja schon lange nicht mehr gesehen! Alles im Lot bei Ihnen?“

„Besten Dank, Herr Kriminalrat – und bei Ihnen hoffentlich auch?“

„Viel zu tun, da ist die Freizeit rar geworden. Haben Sie gerade wieder eine Gruppe zum Altstadtrathaus geführt?“

Die beiden Männer kannten sich durch zwei Stadtführungen, die Faust für seine Kollegen organisiert hatte und dabei Krone um Unterstützung bat, die der gern anbot.

„Ach, Herr Kriminalrat – eine Frage bitte!“, bat der Stadtführer und gab dem hinter ihm Wartenden ein Zeichen, seinen Platz in der Warteschlange am

Obststand einzunehmen. „Sie haben doch einmal erzählt, dass Sie Schlaraffe sind und sich regelmäßig in diesem prächtigen Gebäude in der Hochstraße treffen!"
„Ja, das ist richtig!", schmunzelte Faust. „Und ich hatte Sie auch herzlich eingeladen, einmal zu einem unserer Abende zu kommen und sich anzusehen, was wir da für ein munteres Spiel treiben, bei dem Witz, Geist und Humor gefordert werden."
„Leider habe ich ja an den Donnerstagen immer eine feste Abendführung, aber vielleicht klappt es doch einmal im Herbst."
„Sollte mich wirklich freuen, Herr Krone, ich glaube, Sie würden ganz hervorragend in unseren Kreis passen. Aber warum fragen Sie gerade nach den Schlaraffen?"
„Ich dachte an das Gebäude, das ich bislang ja noch nie von innen gesehen habe. Leider habe ich den Tag der offenen Tür vor der Pandemie verpasst, aber Sie erzählten mir, dass der sogenannte Rittersaal schon sehr prächtig sei."

„Das trifft in jedem Falle zu, Herr Krone."

„Und da dachte ich – vielleicht gibt es ja auch die Möglichkeit … also, ich meine, unser Film über die Mumme…"

Der Stadtführer stockte, denn es schien ihm doch jetzt zu viel verlangt, was er fragen wollte.

„Ja, Ihr Film über die Mumme – nur weiter, heraus mit der Sprache. Sie wollen ihn der Öffentlichkeit zeigen und haben keine geeignete Räumlichkeit? Ist es das, Herr Krone?"

„Ganz genau auf den Punkt getroffen!", erwiderte Fritz Krone erleichtert.

„Ich kümmere mich mal darum. Das müssen wir gemeinsam besprechen, aber ich sehe da keine großen Hindernisse. Die Schlaraffen sind noch immer viel zu unbekannt, und wir wollen uns mit Lesungen und musikalischen Veranstaltungen der Öffentlichkeit präsentieren. Also, ich denke mal, das lässt sich einrichten."

Der Kriminalrat nahm seine Geldbörse in die Hand und zog seine Visitenkarte heraus. „Das ist mein schlaraffischer Name – und meine Handy-Nummer.

Heute ist Dienstag, wir treffen uns von Oktober bis April immer am Donnerstag, dazwischen allerdings auch immer in kleinem Kreis. Wenn es also klappt, könnte ich Sie schon am Freitag informieren. Falls Sie nichts von mir hören – unser aktueller Fall spannt mich stark ein – rufen Sie mich einfach an, am besten in den Abendstunden."

„Mache ich sehr gern, herzlichen Dank!", antwortete Krone und warf einen Blick auf die Karte. In eleganter Schrift stand neben der Abbildung eines Ritters zu Pferd: „Ritter Poly-Thai", und lächelnd deutete der Kriminalrat auf seinen Namen.

„Bei uns erhält jeder nach seinem Ritterschlag einen schlaraffischen Namen. Sie kennen meinen Beruf – meine Frau Maria und ich haben eine Vorliebe für Thailand – das war ausschlaggebend für meinen Ritternamen."

„Interessant – herzlichen Dank, Herr Kriminalrat!", erwiderte Krone, und der Beamte nickte ihm kurz zu, um nun weiterzueilen.

„So, bitte sehr – ich bin fertig!", hörte er in diesem

Moment die Stimme des Mannes, den er in der Warteschlange vorgelassen hatte.
„Besten Dank!“, antwortete Krone, noch ganz in Gedanken bei der Möglichkeit, den Mumme-Film mit dem Ostfalen-TV-Team in Kürze der Öffentlichkeit präsentieren zu können.
Jetzt konnte auch er seine Obstkäufe abschließen und wanderte langsam hinüber zum Platz an der Martinikirche, um zur Tiefgarage zu gelangen. Verwundert blickte er auf, als er seinen Namen hörte.
„Mensch, Fritz, du bist aber auch schwerhörig geworden!“, rief ihm Bruno Saalfeld zu.
„Schwerhörig? Wie kommst du auf so etwas?“, antwortete Fritz lachend und drückte dem beleibten Bruno die unangenehm feuchte Hand. Dem dicken Kerl lief von der Stirn der dicke Schweiß herunter, und dieser Anblick ließ Fritz Krone unwillkürlich einen Schritt rückwärts machen. „Und überhaupt – wie siehst du denn aus? Bist du mit dem Fahrrad gestürzt, Bruno?“
Der korpulente Stadtführer machte eine abweisende

Handbewegung. „Fahrrad! Als ob ich in den letzten Jahren Fahrrad gefahren wäre! Ich habe ja sogar die ganzen Stadttouren mit den Fahrrädern abgesagt. Nein, mir hat so ein mieser Typ im Magniviertel einen in den Nacken gehauen, dass ich gegen eine Hausmauer und schließlich auf die Straße gestürzt bin. Du hättest mich mal vor ein paar Tagen sehen sollen – jetzt ist es schon ganz gut abgeheilt."

„Du machst Sachen! Bist du überfallen und beraubt worden?", erkundigte sich Fritz mitfühlend.

„Nein, das war ein unangenehmer Typ, den ich glücklicherweise kannte. Ich habe ihn natürlich angezeigt, und er bekommt ein Verfahren wegen Körperverletzung angehängt. Aber ich will von dem Kerl auch Geld, Entschädigung für die mir entgangenen Stadtführungen. Mit einem grün und blau angelaufenen Gesicht und aufgeschlagener Stirn konnte ich ja keine Touris durch die Stadt führen."

„Ist ja ein Ding, und du kanntest den Typ sogar? Was war denn der Grund für seinen Angriff?" Friedrich Krone vermutete, dass der nicht immer einfache

Kollege Saalfeld vielleicht eine unpassende Bemerkung gemacht hatte und dabei an den Unrechten geraten war.

„Das war dieser Holger Wahrendorf, über den man einiges inzwischen im Internet nachlesen kann. Kein ganz sauberer Bursche, der feine Herr Finanzberater und Makler. Er war mit irgend so einer Dunja unterwegs, und die behauptete doch glatt, ich würde sie stalken und belästigen!"

„Du? Ausgerechnet du solltest eine Frau stalken?", antwortete Fritz und musste sich beherrschen, nicht laut herauszuplatzen.

„Ja, eben, aber diese Frau behauptete das auch später noch, als die Polizei beide befragte. Nee, du bist dir heute doch deines Lebens nicht mehr sicher!"

„Tut mir wirklich leid für dich, Bruno, alles Gute – ich muss los!"

„Alles klar, Fritz, man sieht sich!"

Damit schwankte der beleibte Stadtführer in Richtung Sonnenstraße, während Friedrich Krone froh war, endlich zu seinem Auto zu gelangen.

‚Holger Wahrendorf – wo habe ich selbst etwas über den Mann gelesen?‘, überlegte er, während er mit der Rolltreppe in das erste Untergeschoss fuhr. Es fiel ihm erst wieder ein, als er aus der Ausfahrt Güldenstraße kam und in Richtung Celler Straße fuhr. Die Sache begann, ihn zu interessieren. Krone war überzeugt davon, dass er etwas über diesen Wahrendorf gelesen hatte, was auch hängenblieb – es musste mehr als nur eine einfache Zeitungsnotiz gewesen sein. Kaum in seiner Wohnung angelangt, startete er seinen PC und gab den Namen ein. Da häuften sich die Begriffe im Zusammenhang mit Wahrendorfs Namen und dem Baugebiet im Osten seiner Heimatstadt, als die Erinnerung zurückkehrte.

Interessiert klickte er einige Berichte an, und ehe er es sich versah, hatte er sich festgelesen. Denn plötzlich tauchten Bilder auf, die den Finanzmenschen Arm in Arm mit mehreren Frauen bei Veranstaltungen zeigte. Krone vergrößerte eines der Bilder und begann zu lachen.

Wahrendorf und die Schönheit an seiner Seite kannte

er gut. - Das Bild war in einem Restaurant aufgenommen, in dem Wahrendorf eine Feier unter dem Motto „Bier aus Braunschweig – unser Bier!“ veranstaltet hatte. Der eigentliche Grund mochte sein runder Geburtstag gewesen sein. Friedrich Krone war dazu gebeten worden, im Kostüm des Mumme-Braumeisters die Geschichte der Mumme zu erzählen, zusammen mit einem Kollegen die Mumme-Probe darzustellen und schließlich den Gästen die kleinen Fläschchen mit dem Mumme-Likör zu überreichen. Und auch die Herren, die auf den anderen Bildern in Frauenbegleitung zu sehen waren, kannte er von dieser Feier her – es waren die Geschäftspartner seines Auftraggebers. Er betrieb mit ihnen gemeinsam eine Immobilienfirma, bot sauteure Wohnungen und Häuser in einem neuen Baugebiet an und erbot sich auch, die Finanzberatung zu übernehmen.
Und die Frau, die er im Arm hielt, hatte er erst kürzlich auf einem Foto in der Zeitung gesehen und sofort wiedererkannt. Sie war es, die ihm bei der Überreichung des Umschlages mit dem Honorar für seinen Auftritt

eine kleine Visitenkarte mit einem vielversprechenden Lächeln überreichte. Er hatte sie achtlos in die Tasche geschoben und erst später einen Blick darauf geworfen. Es handelte sich dabei um die Adresse eines Escort-Services.
Einen Moment lang zögerte Krone, bevor er zum Telefon griff und sich mit dem Kriminalrat Faust verbinden ließ.

21.

„Wie erklären Sie sich die Tatsache, dass sich Ihr Mazda MX 5 in der Nacht vom 13. auf den 14. September an der Tankstelle aufgehalten hat, an der Sie doch eigentlich Ihr Motorrad auftanken wollten, Herr Zielinsky?"
Der Mann starrte ihn an, dann nahm er das ausgedruckte Foto in die Hand und warf einen raschen Blick darauf.
„Das ist zwar ein Mazda, aber nicht meiner. Ich sehe hier eindeutig ein Helmstedter Kennzeichen."

„Und ich sehe hier eindeutig Elvira Nehrlich, die vom Bezahlen zurückkommt und in diesen Wagen steigt“, erwiderte Kommissar Bernd Schuchert.
„Sage ich doch, nicht mein Wagen.“
„Herr Zielinsky, Sie müssen doch erkennen, auf welch dünnem Eis Sie sich bewegen. Ihr Mazda war in einen Unfall mit tödlichem Ausgang verwickelt. Die Untersuchung brachte eindeutige Unfallspuren, die nur oberflächlich beseitigt wurden.“
„Ein Wildunfall, vor meinem Motorradurlaub geschehen, wie schon bemerkt!“, antwortete Zielinsky. Er lehnte sich zurück, schlug die Arme unter und schien der Meinung zu sein, dass man ihm nichts nachweisen könne.
„Wie erklären Sie sich, dass Ihr Handy am 13.9., 15.00 Uhr, in der Innenstadt eingeloggt war?“
„Das kann nicht sein! Ich war zu der Zeit auf meinem Motorrad unterwegs, wie oft soll ich das noch sagen? Und jetzt möchte ich meinen Anwalt sprechen!“
Kommissar Schuchert beugte sich etwas über den Tisch und sah Elias Zielinsky direkt in die Augen.

„Ihr Anwalt, Herr Zielinsky, ist leider verhindert. Ich vermute mal, dass er sein Mandat niederlegen wird, nachdem ich ihn heute mit einer Anrufliste konfrontiert habe."

Blitzschnell sprang Zielinsky auf, doch der an der Tür stehende Polizeibeamte drückte ihn sanft, aber nachdrücklich wieder auf seinen Stuhl herunter, während Schuchert die Liste über den Tisch schob.

„Hier und hier sind Ihre Anrufe vom 13.9. Der eine erfolgte aus der Innenstadt zur Kanzlei von Dreyer, der andere etwa eine Stunde später zu seinem Handy. Geben Sie auf, Herr Zielinsky, Sie sind überführt. Ihr Alibi stand von Beginn an auf sehr wackligen Beinen, das hätten Sie wissen müssen. Ich wundere mich nur, dass Ihr Anwalt dieses Spielchen mitgemacht hat. Ach ja, hier ist auch die Anrufliste von Elvia Nehrlich, mit der Sie ebenfalls mehrfach am fraglichen Tag telefoniert haben. Und falls Sie noch Fragen haben – Frau Nehrlich hat bereits eingeräumt, den Mazda in der Nacht zur Autobahn-Tankstelle gefahren zu haben. Sie hat außerdem erklärt, dass sie die die Tankquittung an

Dreyer weitergereicht hat. Das Spiel ist aus, Herr Zielinsky. Verraten Sie mir noch, weshalb Sie Jan Konrath ermordet haben?“
Der Beschuldigte senkte den Kopf und schwieg.
„Sie wollen nicht reden? Ging es um den Swinger-Club oder um die Bauspekulationen? Bei beiden Unternehmungen waren Sie beteiligt, darüber herrscht bei uns keinerlei Zweifel mehr. Was war der Grund für den Streit am Morgen vor dem Unfall? Eifersucht? War die Dreier-Beziehung beendet, passte das Spiel Katrin Konrath nicht mehr?“
„Sie haben überhaupt keine Ahnung!“, schnaubte Eilas Zielinsky wütend. „Von mir erfahren Sie überhaupt nichts!“
„Schade, das hätte mir vielleicht etwas Arbeit erspart. Aber gut, dann lasse ich Sie jetzt in den Rennelberg überstellen!“
In diesem Augenblick reagierte Elias Zielinsky blitzschnell.
Als der uniformierte Polizist auf ihn zutrat, sprang er zur anderen Seite von seinem Stuhl auf und griff nach

dessen Dienstwaffe. Doch der gut 1,90 große, breitschultrige Beamte erwies sich als ebenso wendiger wie reaktionsschneller Mann. Er schlug mit der rechten Handkante gegen Zielinskys Hals und hielt mit der Linken dessen Hand fest, die eben auf dem Kolben der Waffe lag.

Mit einem gurgelnden Laut ging der Angreifer zu Boden.

Gleich darauf riss ihm der Uniformierte die Hände auf den Rücken und ließ die Handschellen einrasten.

„Ausgezeichnete Reaktion!", sagte Bernd Schuchert anerkennend. Er hatte instinktiv ebenfalls seine Waffe gezogen und schob sie jetzt wieder zurück in die Halterung. „Das sehe ich als Schuldeingeständnis, Herr Zielinsky. Wir sprechen uns sicher noch öfter, bevor Ihr Prozess beginnt." Jetzt erst fiel der Blick des Kommissars auf den rechten Unterarm des Überwältigten. Bei dem Gerangel war das langärmelige Hemd, dessen Manschetten Zielinsky hochgekrempelt trug, verrutscht und eine lange, dunkelrote Kratzstelle wurde sichtbar. „Was haben wir denn hier?" Schuchert griff nach dem Arm und schob den Ärmel ganz hoch, um die Stelle besser zu erkennen. Es war eine fast verheilte Schramme, wie sie vielleicht von einem Fingernagel stammen konnte.

„Beim Campen passiert!“, brummte Zielinsky unwillig und entzog seinen Arm trotz der Handschellen, die ihn in den Bewegungen einschränkten, dem Polizisten.

„Sind Sie mit einer DNA-Probe einverstanden, Herr Zielinsky?“

„Auf gar keinen Fall! Wissen Sie eigentlich, was Sie mich können?“, fauchte der zurück.

„Das interessiert mich nicht. Bei der Beweislage gegen Sie ist das nur eine Formsache, Herr Zielinsky. Eine richterliche Anordnung ist schnell erwirkt, ebenso natürlich eine Erlaubnis, ihre Wohnung zu durchsuchen.“

„Eine Unverschämtheit, wie ein unbescholtener Bürger hier behandelt wird! Aber das hat Folgen für Sie, Herr Kommissar, das schwöre ich Ihnen!“, schrie Zielinsky, der wieder die Beherrschung verlor.

„Sicher. Und jetzt schaffen Sie ihn weg hier!“, bemerkte Schuchert zu dem uniformierten Polizisten. Auf Wunsch des Kommissars begleitete ein weiterer Beamter den Kollegen beim Abtransport, und Bernd Schuchert machte sich daran, seinen Bericht abzufassen und mit dem zuständigen Richter zu telefonieren. Bei der Durchsuchung der Wohnung des festgenommenen Elias Zielinsky gab es weitere Überraschungen.

Genauer gesagt, bei der Auswertung seines PCs.

Die Experten hatten einige Mühe mit dem Passwort, aber schließlich gelang es ihnen, den Zugang freizuschalten. Gemeinsam mit Heiko Schubert wertete Bernd Schuchert den Mailverkehr aus, öffnete Ordner mit zahlreichen Fotos und griff schließlich zum Hörer, weil zahlreiche Fotos eine besondere Brisanz erhielten, nachdem ein paar Gesichter zugeordnet werden konnten.

Das funktionierte in erster Linie durch Ausschnitte und die Bilderkennung, denn die meisten Personen auf den Fotos waren nicht nur unbekleidet, sondern

befanden sich zum größten Teil in Situationen, in denen man nicht unbedingt fotografiert werden wollte. Es sei denn, man hatte eine besondere Vorliebe für Perversitäten, die wiederum einem breiten, ähnlich ausgerichtetem Publikum zugänglich gemacht werden sollten.
Als dann allerdings auch zwei Konten von Zielinsky überprüft wurden, sollte aufgrund der dortigen Geldbewegungen schnell der Verdacht bei den Beamten entstehen, dass der Festgenommene diese Fotos für Erpressungen nutzte.
Die Auswertung der DNA-Probe ergab jedoch keineswegs das erhoffte Ergebnis. Sie stimmte nicht mit den Hautfetzen überein, die bei der ermordeten Katrin Konrath unter den Fingernägeln gefunden wurden.

22.

Als die junge Frau die Empfangshalle der Privatbank betrat, hoben beide männliche Angestellte wie auf ein Signal den Kopf und lächelten freundlich. Wenn auch die Kunden ihrer Bank durchaus ein etwas anderes Erscheinungsbild boten als die vieler anderer Banken, so war diese elegante Erscheinung zumindest auffällig. Ein leichtes, dunkelblaues Kostüm, das zu diesem warmen Spätsommertag gut passte, dazu ein weiter, weicher Hut und eine große Sonnenbrille erinnerten Max Ewers hinter der dicken Panzerglasscheibe an eine Filmszene mit einer der ganz großen Schauspielerinnen, auf deren Namen er sich jedoch nicht gleich besinnen konnte. Als die Kundin nun zu ihm trat und ihn mit einem knappen Kopfnicken grüßte, wusste er wieder, mit welcher Schauspielerin diese Frau Ähnlichkeit hatte. Es war keine Schande, dass Max Ewers nicht sofort darauf gekommen war – Audrey Hepburn war schließlich schon eine ganze Weile tot, und der Film *Wie klaut man eine Million?* stammte aus den sechziger Jahren, als er noch nicht einmal geboren war. Doch seine Mutter liebte diese Filme und hatte sich sämtliche Kinofilme mit der Hepburn für ihr Heimkino gekauft.

„Guten Morgen, Frau Nehrlich!“, grüßte er freundlich.

„Schade, dass Sie sich entschlossen haben, die Konten aufzulösen. Ich informiere rasch meinen Chef, dass Sie im Hause sind, und dann begleite ich Sie zu den Schließfächern."
Elvira Nehrlich erwiderte kein Wort, nickte nochmals knapp und nahm die große Sonnenbrille ab. Ein rascher, misstrauischer Blick zu den beiden Kameras hinter dem Panzerglas an der Wand, dann zog sie aus ihrer Handtasche einen Umschlag, öffnete ihn und schob die notariell beglaubigte Vollmacht und ihren Personalausweis durch den schmalen Schlitz der Abdeckung.
Während Ewers noch telefonierte, warf er einen raschen Blick darauf, legte die Vollmacht an die Seite und schob den Ausweis zurück.
„Wenn Sie mir bitte folgen wollen?", sagte er zu der Kundin und im Vorübergehen zu seinem Kollegen, der sie noch immer aufmerksam musterte: „Ich gehe mit Frau Nehrlich nach unten zu den Schließfächern."
„Natürlich, Max. Ich halte hier die Stellung."
Die beiden gingen eine breite Wendeltreppe hinunter,

vorbei an einigen modernen Gemälden, die den Gang verschönerten, bis vor die Stahltüre, die Max Ewers aufschloss. Dahinter befand sich ein Raum, in dem sich bis an die Decke die Schließfächer dicht an dicht reihten.

Elvira Nehrlich zog den kurzen Schlüssel aus ihrer kleinen Handtasche, und als der Bankangestellte das Fach aufgeschlossen und den länglichen Kasten herausgenommen hatte, steckten beide ihre Schlüssel in die Schlösser und öffneten ihn, ohne jedoch den Deckel zurückzuschlagen.

Schritte wurden auf der Steintreppe hörbar, und als die Nehrlich kurz aufsah, begrüßte sie der Leiter der Bank freundlich. Sie war nur irritiert, dass der Mann nicht allein gekommen war. Hinter dem mit Jackett und Krawatte sicher viel zu warm angezogenen Banker kam ein hoch gewachsener Mann, der sein Jackett an einem Finger über der Schulter hielt und sie mit ernster Miene ansah.

„Frau Nehrlich, ich bin in Begleitung von Dr Thomas Faust. Der Kriminalrat hatte darauf bestanden, Sie schon hier unten zu begrüßen, damit unsere Kunden in der Schalterhalle davon nichts mitbekommen."

„Ich denke, das ist auch ganz in Ihrem Sinne!", ergänzte Faust freundlich, während Elvia Nehrlich wie gebannt regungslos an der geöffneten Kassette verharrte. Erst als Faust dicht vor ihr stand, wich dieser Bann von ihr, sie trat rasch einen Schritt zurück und stieß verwundert aus: „Kriminalrat? Ich verstehe nicht ganz…"

„Werden Sie aber gleich, Frau Nehrlich. Ich nehme Sie fest aufgrund des dringenden Tatverdachts, dass Sie an der Ermordung Ihrer Freunde Jan Konrath und Noah Winter zumindest beteiligt waren."

„Was ist los?", keuchte die elegant gekleidete Frau und blickte rasch von Faust zu den beiden Bankern. Sie schien ihre Fluchtchancen auszurechnen, und Thomas Faust stellte sich so, dass sie nicht an ihm vorbei konnte.

„Sie waren so freundlich und haben den Besuch Ihrer Bank angekündigt. Der Leiter, Herr Barkowsky, hatte von uns die strikte Anweisung, uns sofort zu verständigen, sollten Sie versuchen, die Konten von Noah Winter aufzulösen. Nein, lassen Sie das bitte, Frau Nehrlich, das Spiel ist aus. Meine Kollegen warten oben in der Halle auf uns, es gibt keinen anderen Ausweg."

In diesem Augenblick verlor die bislang so distinguiert wirkende Dame die Beherrschung. Sie kreischte laut auf, ihr Gesicht war vor Wut zu einer Grimasse verzerrt, und wohl eher unwillkürlich krümmte sie ihre Finger, als wolle sie die drei anwesenden Männer anfallen. Als aber der Kriminalrat darauf nicht weiter reagierte und auch die beiden Bankangestellten bewegungslos verharrten, ließ sie die Arme plötzlich wieder sinken und begann, hemmungslos zu schluchzen.

„Dieses Schwein!", stammelte sie dabei. „Dieses verfluchte Schwein! Er wollte mich hereinlegen und mit dieser Schlampe abhauen, nach allem, was ich für ihn getan habe! Wenn ich könnte, wie ich wollte, würde ich ihm den Schädel einschlagen!"

„Haben Sie das nicht schon vor Wochen getan, Frau Nehrlich?", antwortete Faust gelassen und meinte

damit den Tod von Noah Winter.
„Was reden Sie denn da?“, kreischte die Nehrlich erneut los. „Das geschah ganz spontan, als ich ihn über die Straße gehen sah! Es war ein Zufall, aber ein sehr glücklicher, das kann ich Ihnen versichern!“
Thomas Faust registrierte das für sich als Geständnis, den Mazda MX 5 von Zielinsky benutzt zu haben, um damit Jan Konrath zu überfahren. Laut antwortete er nur: „Ich denke, wir unterhalten uns in Ruhe in meinem Büro, Frau Nehrlich. Kommen Sie so mit oder benötigen wir Handschellen?“
Ein verächtlicher Blick der Verhafteten, dann ging sie mit langsamen Schritten, betont hüftschwingend, zur Treppe und durchquerte, die beiden Kommissare Schuchert und Lichtner neben sich, die Schalterhalle, während ihr Faust mit den beiden Bankern in kurzem Abstand nach oben gefolgt war.

23.

„Wie kam es denn zu dem Streit?“ Petra Lichtner bemühte sich, das Gespräch ganz sachlich und verständnisvoll, von Frau zu Frau, zu führen. Elvira Nehrlich war jedoch auf der Hut und nur bereit, Stück für Stück das zuzugeben, was man ihr ohnehin beweisen konnte. Lange Zeit hielt sie sich auf diese Weise zurück, aber dann kam das Ergebnis der DNA-Untersuchung, die keinerlei Zweifel mehr an einer körperlichen Auseinandersetzung zwischen ihr und Katrin Konrath ließ. Die inzwischen gut verheilte Schramme ihrer Nebenbuhlerin am Hals hatte sie geschickt übergeschminkt. Als sie an diesem Morgen aus dem separaten Schlafzimmer kam und sowohl Jan Konrath wie Holger Wahrendorf im Bett mit Katrin fand, war sie ins Bad gegangen und hatte sich dort eingeschlossen. Als sie zu jenen zurückgekehrt war, war Katrin allein und erzählte ihr von dem wundervollen Morgen, mit dem sie jetzt künftig öfter ihren Tag beginnen wollte. Darüber war es zum heftigen Streit zwischen den Frauen gekommen. Doch während sie sich bei den Einzelheiten dieser Tat, die wohl im Affekt geschah, sehr zurückhielt, war sie umso auskunftsfreudiger in Bezug auf die Erpressungen mit den Fotos der Besucher ihres ganz privaten Swinger-Clubs. Erstaunt waren die Beamten, dass sie den Privatdetektiv Jonas Warncke beauftragt und gut im Voraus bezahlt hatte. Die Nehrlich hatte den Eindruck, dass ihre Partner sie betrogen, und das keineswegs mit anderen Frauen – sondern in Bezug auf das sehr lukrative Erpressungsgeschäft.

Irgendwann hatte die Kommissarin jedoch das dringende Bedürfnis, an die frische Luft zu gehen. Ihr Kollege Bernd Schuchert löste sie ab, und dann kam der Punkt, wo die Nehrlich jeglichen Widerstand aufgab und ihre Geschichte erzählte, die selbst die erfahrenen Beamten manchmal nach Fassung ringen ließ.

Sie hatte durch Noah Winter dessen Freunde und Geschäftspartner Jan Konrath, Thorsten Schumacher und schließlich auch Elias Zielinsky kennengelernt. In der Wohnung der Konraths traf man sich regelmäßig, und schon bald wurden aus den gemeinsamen Abenden regelrechte Orgien, die allerdings unter Frauenmangel litten. Zwar bemühten sich Katrin Konrath und Elvira Nehrlich redlich um die drei Herren, aber als dann immer häufiger Geschäftspartner der Makler dazu kamen, wurde auch Holger Wahrendorf aufmerksam. Er war von den drei Geschäftspartnern derjenige, der am wenigsten im gemeinsamen Büro anwesend war, umso häufiger jedoch in der Wohnung der Konraths. So konnte ihm das dortige Treiben nicht lange verborgen bleiben, und da er mit seinen moldawischen Damen ohnehin bereits sehr aktiv einen Escort-Service bot, ergab eins das andere und so kamen Wahrendorf und seine beiden Favoritinnen mit ins Spiel. Als dann der Geldsegen aus dem Bauvorhaben versiegte, hatte man zumindest eine umfangreiche Kartei interessierter Herren angelegt, zu denen entsprechende Fotos existierten. Bis auf wenige Ausnahmen waren alle verheiratet und Familienväter, legten Wert auf Diskretion und waren bereit, für diese Diskretion zu zahlen.

Als Petra Lichtner und Bernd Schuchert am zweiten Tag der Anhörung eine Kaffeepause machten, sagte

die Kommissarin: „Was ich immer noch nicht ganz verstanden habe – wieso schmeißt Wahrendorf zwei Frauen vor längerer Zeit aus seiner zweiten Wohnung, die doch ganz offensichtlich nichts anderes taten als seine moldawischen Damen?“
Bernd zuckte die Schultern, probierte vorsichtig etwas von dem heißen Kaffee und antwortete schließlich: „Vielleicht waren Sie nicht bereit, nach seiner Pfeife zu tanzen? Vielleicht gab es aber auch ganz andere Zuhälter, die da ihre Finger im Spiel hatten.“
„Wie auch immer, jetzt wird diese Cold Case wohl wieder aufgenommen werden. Wenn sich herausstellt, dass Holger Wahrendorf sich nicht etwa nur mit einem Hinauswurf der beiden Frauen begnügte, dann können wir vielleicht auch diesen Doppelmord aufklären.“
Das Telefon klingelte, und Kommissar Schuchert nahm ab.
„Wer? Jonas Warncke? Können wir jetzt nicht… ja, okay, bring hin herauf.“
„Der große Privatdetektiv gibt uns die Ehre? Wieso das nun wieder?“, erkundigte sich Petra Lichtner, aber

als der Mann schließlich an ihrem Schreibtisch Platz genommen hatte, sprudelte es nur so aus ihm heraus.
„Was ich Ihnen schon immer gesagt habe, Frau Kommissarin – Sie werden mir noch dankbar sein! Ein privater Ermittler wie ich hat doch ganz andere Möglichkeiten als die Polizei! Nein – ich will Ihre Arbeit ja gar nicht herabsetzen, aber mit mir spricht man eben doch viel eher als mit einem Beamten!"
„So, na, dann lassen Sie mal hören, wer so mit Ihnen gesprochen hat, Herr Detektiv – aber bitte in Kurzform, nicht in epischer Breite!", antwortete Petra Lichtner.
Einen winzigen Moment lang schien Warncke zu überlegen, ob er jetzt schmollen sollte oder nicht – dann legte er einen Stick auf den Tisch und erklärte dazu:
„Na, dann in der gebotenen Kürze, Frau Kommissarin. Ich habe ja erzählt, dass ich im Auftrag von Frau Konrath … gewisse Observationen vor dem Haus mit der zweiten Wohnung von Holger Wahrendorf vorgenommen habe. Und dann kam der Auftrag eines

Unbekannten mit der fetten Vorauszahlung noch dazu. Na, wie es so geht in unserem Beruf, zwei ähnlich gelagerte Interessen…"

„Herr Warncke, bitte, ich bin heute stark eingespannt!", unterbrach ihn Petra.

„Schon gut, schon gut. Aber Sie werden ja selbst gleich feststellen, wenn Sie den Stick und die dort enthaltenen Bilder gesichtet haben, was ich meine. Ich hatte diese Bilder gespeichert, weil nichts darauf von Jan Konrath zu sehen war – nur für alle Fälle. Nach dem Zeitungsartikel von gestern dachte ich noch einmal über Wahrendorf nach und – aber sehen Sie selbst, Frau Kommissarin! Und die übrigen Hausbewohner konnten mir das rege Treiben in der Wohnung von Wahrendorf nur bestätigen. Aber das wissen Sie ja sicher längst selbst."

Petra Lichtner startete den Stick, klickte die Datei an und blätterte dann in den Fotos. Sie war wieder einmal erstaunt von der Qualität der Bilder, die selbst bei Dunkelheit noch gut erkennbare Details ermöglichte. Beim fünften und sechsten Foto rief sie nach ihrem

Kollegen Bernd, aber der war gerade aus dem Großraumbüro gegangen.
„Chef, kannst du bitte mal schauen?“, erkundigte sie sich nach zögerlichem Anklopfen und dem raschen ‚Herein‘ von Thomas Faust. Der war erstaunt über die veränderte Anrede, statt dem üblichen ‚Scheffe‘, eilte beunruhigt zu Petras Schreibtisch und sah mit ihr noch einmal gemeinsam die Fotos durch.
Auf einem Foto ging Wahrendorf mit einer Frau ins Haus, sie waren nur von hinten zu sehen. Aber auf weiteren Bildern, zu verschiedenen Uhrzeiten aufgenommen, konnte man sehen, dass es verschiedene Frauen waren, mit denen er das Haus verließ.
„Vergleicht die Bilder bitte mit den Fotos der ermordeten Frauen, haltet die Uhrzeiten fest und holt euch dazu Wahrendorfs Aussage von dem Tag, als man die beiden toten Frauen fand. Ich weiß, dass er am Tag nach dem Hinauswurf verreist war, aber wir müssen den vermutlichen Mordtag noch einordnen mit seinem Alibi“, ordnete Faust an. „Und Ihnen Dank, Herr Warncke. Noch lässt sich ja nicht viel dazu sagen, aber

es könnte ein Beleg dafür sein, dass Wahrendorf ein ausgesprochen gutes Verhältnis zu seinen später unerwünschten Mietern hatte – und dann sollte er ein gutes Alibi für die Tatzeit haben.“ Damit war für den Kriminalrat die Angelegenheit zunächst erledigt, und Warncke, der verblüfft noch auf mehr von ihm wartete, sah ihm nach, bis die Tür zu seinem Büro wieder zufiel.

„Tja, also dann… den Stick können Sie gern behalten, Frau Kommissarin!“, merkte Warncke an.

Petra Lichtner nickte nur freundlich in seine Richtung, während sie die Daten am Bildschirm aufrief, die sie zu dem Mord an den beiden Prostituierten gespeichert hatten.

„Etwas mehr Dankbarkeit hätte man ja ruhig zeigen können“, brummte Jonas Warncke beim Hinausgehen vor sich hin. „Schließlich könnte es ja sein, dass nun auch noch ein zweiter Fall durch mich aufgeklärt wird. Aber nein, dazu sind die Damen und Herren wohl nicht bereit!“

24.

„Und so fügte sich Mosaiksteinchen zu Mosaiksteinchen!“, schloss Kriminalrat Dr Thomas Faust die Besprechung. Auf dem Whiteboard waren die Fotos aller Mordopfer und der Verdächtigen angebracht, es gab eine ganze Reihe von aufgemalten Pfeilen und Zeichen, Fotos der Tatorte und schließlich das Foto des Fundortes der beiden ermordeten Prostituierten. Sie waren zufällig unter Zweigen und Laub verborgen von Spaziergängern entdeckt worden, deren Hund zielstrebig auf das Versteck zugelaufen war und sich nicht mehr beruhigen konnte.

„Und Holger Wahrendorf hat kein Alibi für die fragliche Nacht, die vom Gerichtsmediziner als Tatzeit bestimmt wurde!“, bemerkte Petra Lichtner. „Noch ist es zu früh, ihn auch damit zu belasten, aber ich glaube nicht, dass er uns mit seinen zahlreichen Ausflüchten ein Geständnis liefern will. Ganz im Gegenteil zu Elias Zielinsky, der angesichts der drückenden Beweise endlich gestanden hat. Allerdings nicht, wie wir vermuteten, den Mord an Katrin Konrath – den hatte ja Elvira Nehrlich fast nebenbei gestanden. Tatsächlich war er bereits am frühen Nachmittag des 13.9. wieder in Braunschweig und hatte unterwegs erfahren, dass Jan Konrath vorhatte, sich mit der Nehrlich und ihrem Geld aus diversen Erpressungen abzusetzen. Er hatte geplant, Konrath in der Nacht aufzulauern und seinem Anwalt Vincent Dreyer den Auftrag gegeben, ihm mit einer Tankquittung ein Alibi zu verschaffen."

„Und was passierte dann in der Nacht? Wieso hat er Konrath erst am nächsten Tag überfahren?"

Bernd Schuchert deutete lächelnd auf ein Foto.

„Er wartete vergeblich auf sein Opfer. Konrath ließ sich nicht finden, und wenn wir es nicht von Catharine Turcanu erfahren hätten, wüssten wir bis heute nicht, dass er die Nacht bei ihr verbracht hatte und erst am frühen Morgen zurück in seine Wohnung im gleichen Haus ging."

„Ich staune über die Kraft dieses Mannes!", warf Heiko Schubert ein. „War es nicht sein Einsatz, zusammen mit diesem Wahrendorf im Bett seiner

Ehefrau, als die Nehrlich dazukam und aus dieser Situation heraus wenig später der Mord geschah?"
„Mein lieber Heiko!", warf Bernd Schuchert ein. „Mach dir darüber keine Gedanken. Es gibt eben immer wieder solche Männer, die…"
„Bernd, jetzt überlege dir genau deine Worte in Anwesenheit einer Dame!", unterbrach ihn Petra Lichtner.
„Ich wollte gar nichts Anzügliches sagen, liebe Petra. Ich meine nur solche Männer, die eben gern und reichlich Sport treiben."
Die drohende Miene der Kommissarin löste sich in ein breites Grinsen auf, und schließlich knuffte sie ihn in die Rippen.

25.

Es war das erste Wochenende im November, und das überwiegend freundliche und milde Wetter dauerte noch immer an. Davon profitierte heute die gesamte Innenstadt, denn das Stadtmarketing hatte wieder zur ‚Mumme-Genuss-Meile' aufgerufen. Am Platz der

Deutschen Einheit und auf dem Kohlmarkt waren zahlreiche Stände aufgebaut, an denen man vom Mumme-Braten bis zum gezapften Mumme-Bier allerlei probieren konnte.

Von der Bühne kamen eben zwei Stadtführer in den grünen, geschlitzten Wämsen und den roten Baretten, die als Braumeister und Geselle die legendäre Mumme-Probe vorgeführt und schließlich viel Gelächter und Applaus erhalten hatten. Der eine von ihnen fiel besonders durch seine untersetzte Gestalt und den kräftigen Bauch auf, den er kaum in das Wams zwängen konnte. Als Braugeselle wirkte er aber durchaus passend in seinem Aufzug.

„Bronsewiek, du leiwe Stadt!“, zitierte Thomas Faust laut an einem der Stehtische, und erfreut blickte Stadtführer Friedrich Krone zu ihm herüber.

„Herr Dr Faust, das ist ja eine Überraschung!“, sagte Krone und trat näher, während sich sein Kollegen zwei Glaskrüge mit frisch eingeschenktem Mumme-Bier reichen ließ und sie dann auf dem Tisch abstellte.

„Mumme-Braumeister Friedrich Krone – meine

Frau“, stellte Faust die beiden einander vor.

„Bruno Saalfeld muss ich wohl nicht mehr vorstellen!“, ergänzte Krone und deutete mit dem Kopf auf den dicken Stadtführer, der eben behaglich das halbe Glas geleert hatte. „Den kennt wohl inzwischen jeder in Braunschweig.“

„Naja, ich hatte ja auch schon einmal direkt mit dem Herrn Kriminalrat zu tun!“, bemerkte Saalfeld und schien nicht wenig stolz auf diese Bekanntschaft zu sein.

„Ich wollte mich noch einmal bei Ihnen bedanken, Herr Krone, für Ihren Hinweis auf die Machenschaften dieses Wahrendorf. Sie konnten ja nicht ahnen, dass wir schon auf der richtigen Spur waren.“

„Oh bitte, das war doch Bürgerpflicht!“, wehrte Fritz Krone bescheiden ab.

„Was ich aber gern noch von Ihnen erfahren würde, Herr Krone – oder besser gesagt, vom Mumme-Braumeister erfahren möchte…“

„Kein Geheimnisverrat von Bierrezepten, Herr Dr Faust!“, unterbrach ihn rasch der Stadtführer, und die vier stimmten gemeinsam in ein lautes Lachen ein. Friedrich Krone hatte inzwischen zusammen mit dem rührigen Team von Ostfalen-TV den Film über die Geschichte der Mumme und den Geheimnisverrat an den englischen General George Monck in dem Vereinsheim der Schlaraffen, der sogenannten ‚Burg' der Öffentlichkeit vorgeführt.

„Nein, natürlich nicht, wer weiß, was dem Verräter dann blüht! Schließlich ist ja auch seinerzeit ein gewisser Caspar Busch für alle Zeiten verschwunden. Aber wie Sie beide die Mumme-Probe vorgeführt haben, das ist schon sehr beeindruckend gewesen. Wie machen Sie das mit der Befestigung an der Kleidung des Braugesellen?"

Fritz und Bruno wechselten einen raschen Blick und schmunzelten dabei beide. Dann erklärte Fritz in seiner Rolle als Braumeister: „Sie sehen ja, dass mein Geselle diesen dicken Ledergürtel trägt wie ich auch. Und der Stuhl, den ich angeblich mit der frischen Mumme einstreiche, ist nicht nur auf der Sitzfläche braun angestrichen worden, sondern besitzt als wichtigste Eigenschaft eine Querleiste unter der Lehne."

„Ah, ich ahne etwas!", schmunzelte der Kriminalrat.

„Wenn ich zu ihm sage, dass er nun die Mumme auf ihre Qualität überprüfen soll, in dem er sich auf den damit eingepinselten Stuhl setzt, dann macht Bruno das ein wenig umständlich. Er hat einen S-förmigen Metallhaken in der Hand verborgen, den er in die Querstrebe einhakt. Wenn er sich wieder ebenso behäbig erhebt, scheint der Stuhl an seinem Hinterteil festzukleben, womit die Qualität der Mumme bewiesen wird. ‚Schorse, klebt die Mumme gut?' ist die Frage des Braumeisters, und Schorse Bruno demonstriert das nun sehr anschaulich!"

Erneut lachte die Runde, und Maria Faust war es, die auf den benachbarten Stand deutete. „Jetzt könntest du uns eigentlich zum Bier noch ein Mumme-Brötchen holen, Thomas. Ich merke schon das eine Glas deutlich."

„In Ordnung, die Herren ebenfalls? Ich lade Sie ein!"

„Da sage ich nicht nein!", echote Bruno Saalfeld, und

auch Friedrich Krone nickte erfreut.
„Keine schlechte Idee, ich hatte bislang auch nicht mehr als das Frühstück heute Morgen.“
„Schon mit Mumme-Bier, Herr Braumeister?“, erkundigte sich Maria Faust, während ihr Mann die Brötchen holte.
„Aber nein, seitdem das Wasser in Braunschweig trinkbar geworden ist, bevorzuge ich statt des üblichen Frühbieres eine ordentliche Tasse Kaffee!“, erwiderte der Stadtführer.

Ende

Ostfalen-TV

Gleich zu Beginn der Handlung begegnet der Leser einem Team von Ostfalen-TV. Das ist ein realer, gemeinnützig tätiger Verein mit interessanten Themen aus Ostfalen.

Ich konnte mit diesem Team eine Reihe starten, die sich ‚Begegnungen mit Persönlichkeiten im Braunschweiger Land' nennt. In der Rolle von diesen Persönlichkeiten wie z.B. Friedrich Gerstäcker, Wilhelm Busch, Wilhelm Raabe, Robert Griepenkerl, August Leibrock, Heinrich Büssing uam. möchte ich diese Figuren für den Zuschauer auf interessante Weise zugänglich machen.

Auch eine Reihe mit Interviews heutiger, interessanter Personen aus dem Braunschweiger Land unter dem Titel „Hochstraße 21" entsteht derzeit.

Darüber hinaus gibt es auf der Seite Ostfalen-TV.de weitere interessante Beiträge aus unserer Umgebung.

IHR EVENT
CATERER
MUMME
WIRT

Weitere Braunschweig-Bücher von mir

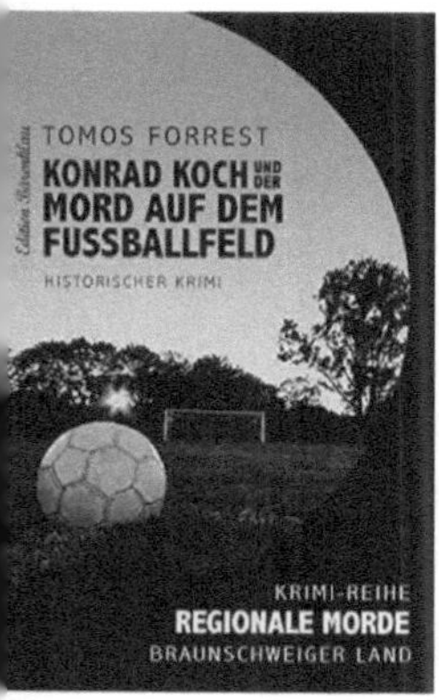

www.tatort-braunschweig.de

Weitere Braunschweig-Bücher von mir

Eine Auswahl meiner weiteren Titel, teilweise unter dem Verlagspseudonym Tomos Forrest. Überall im Handel zu bestellen. Über meine Stadtführungen gibt es hier Informationen:

www.tatort-braunschweig.de

ISBN 978-3-7575-3828-6
www.epubli.de